私の文学史

なぜ俺はこんな人間になったのか?

町田 康 Machida Kou

NHK出版新書
681

私の文学史——なぜ俺はこんな人間になったのか？　目次

校閲　福田光一
DTP　山田孝之

第一回　本との出会い
——書店で見つけた『物語日本史 2』

自分語りはみっともない

今回は、全体のタイトルが「私の文学史」ということで話します。今まで、いろんなことを歌ったり、小説を書いたり、随筆、紀行を書いたり、童話みたいなものを書いたりしてきたんですが、そんな中で、自分の話というものはやったことがなかったんですね。私がどうのこうのした「私の文学遍歴」みたいな、そんな話はしたことがなかったんです。

なんでそういうことをしなかったかというと、自分語りはみっともないという気持ちがあるからで、自分がそもそも最初から小説家だったらそんなことは思わなかったかもしれないんですが、もともと僕はロック歌手、パンク歌手みたいなことをしていて、その関係で、よく雑誌なんかに、ミュージシャンが、つまらん人生をとくとくと語るというのをよく見たんです。それを、通俗心理学みたいなので、その心理を分析して、それを作品に結びつけて意味ありげに語るといった記事です。

もちろんそんなもの真面目に読むわけじゃないですけど、「なんか、実にくだらんな」と思って、それ以来、自分語りに対する嫌悪感というのが生じて、そんなことを常に思っていたわけじゃないんですが、忘れていたまま、ずっと心の中にあって、「自分語りなんかはバカやな」と。「おもろない、お前の人生、おもろないんじゃ、こら。おもろない人生をとくとくと語るな、アホ。聞いているお前も、なんか、はあとか言って、重要なように聞くな、ボケ」と思っていて、それでやっていなかったんです。

でも、今回、「こんなん、どうですか」と訊かれたときに、「そういえばやっていなかったな」と思って。自分自身も、そんなことを言いながら、なんか、自己を語りたい欲求というのがあるんですね。人前では言わないけれど、人と話していて、たとえば「私、この間、パリに行ってきて、帰ってきてん」と誰かが言うたとしたら、「俺もパリ、行ったときな」と、自分の話をしたがるんですね。だから、自分の話をしたくないかといったら、したいんです、やっぱり。相手が何か言うたら、自分のことを言って、自分を相手にわかってほしいという気持ちはあるんだなということに気がついて。もう、そんなに意地張ってなくて、自分の話をとくとくと、なんの意味もないことを意味あるように言ってもええかなと。我慢するのはやめて、今回は自分の話を、延々と十二回にわたってお話ししようかなと思っているんですけど、それが役に立つか、立たないかというのは、どんなにつまらん話でも、聞いて、役に立てるのは聞いた人ですから、何かの役に立ったらええなと思うんです。

なんで、俺はこんな人間になってしまったのか

第一回目は、子どもの頃の文学、読書体験、こういうことになっています。子どもの頃ですから、なんと言うのですかね、何も自分で意識して小説を読むとか、こういう本を読んでみようと考えて読むというよりは、なんとなく、自然にそこらへんにあったものを手に取って読むというのがあります。

いろいろ考えるんですがその中でもよく思うのは、「なんで、俺は、こんな人間になってしまったのかな」ということです。よほど変だったのか、そもそもがクズだったのか、途中からクズになったのか、理由があってクズになったのか、考えてもわからないんですが、でも、一つ言えるのは、とにかく、人のせいにしたいんですけど、考えてみたら、ほとんど自分のせいだということです。自分で選んでやってきたことがほとんどだから、人のせいにしたいんですけど、やっぱり、自分のせいなんです。でも、やはり人のせいにしたい。そう思って考えると、読んだ本とかで変になってもうたんちゃうかなと思いついたんです。「あ、本が悪かったんや。本をあんな読めへんかったら、こんなやつになってへなかったかもしれん」と。

今だったら、引っ越しするといったら、だいたいはプロの引越屋の人に頼むでしょう。

でも、二十〜三十年前は、自分らぐらいの引っ越しやったら、荷物もそんなないし、知り合いに頼んだんです。僕も引っ越しするときにバンドのメンバーに頼んで、メンバーが五人ぐらい、どこかからトラック借りてきて、手伝いに来てくれたんです。僕は事前に、荷物を段ボールに入れたり、本は紐で縛ったりして、用意して待っていたんですが、そうしたら、みんなが途中で「本が多すぎる。普通、こんなに本はない」と言って怒りだしたんです。

それで、「町蔵は、だから駄目なんだよ。こんな、本ばっかり読んでいるから、あいつはバカなんだよ」と言われました。そのときは内心で、「いや、そんなことはない、本を読んだら賢くなる」と思ったんですが、今となったらそうかもしれない、本のせいで俺はバカになったんだというふうにちょっと思っているところもあります。

そこで以下、だったら、どんな本を読んで、こんな風になってしまったのかという話をしようかなと思います。

『物語日本史 2』との出会い

小学校に通っているときは、家の近所、歩いて行ける範囲に本屋さんが四軒ぐらいありました。学校からちょっと住宅街のほうに行って、国道からちょっと一本入ったような道にポツンと一軒、横に府道があって、府道沿いの細い横に入った角にラーメン屋があって、その横の横ぐらいに、ちっちゃい本屋さんがありました。あとは、家の近所に市場があり、その市場の先に商店街があって、その商店街に三軒ほど本屋さんがありました。それぞれ特色があったのかなかったのか、その四軒のうちの一軒が上野書店という本屋で、そこへ行くときは、「ちょっと上野の図書館、行ってくるわ」と符牒《ふちょう》で言うて、行っていたんです。もちろん、そんな田舎町の個人書店なんか、だいたいが潰れていますけど、この間、久しぶりに通りがかったら、そのうちの一軒が、まだやっていましたね。どうしてやっていけるのかなと思いましたけど、そんなところに毎日のように通っていたんです。

小遣いとは別に月に一回、五百円をもらいまして、それで、今月はなにを買《こ》うてこましたろかな、みたいな感じで選んで読むわけです。読んでいる本は、別にそんなに変わった、難しいものを読んでいたわけじゃなくて、子どもが読んでいる、児童図書みたいな、普通の本を読んでいたんですね。だからたぶん、子どものコーナーみたいなところを見ていたと思うんですが、そこでパッと見つけたのが、今日持ってきたんですけど、これです、『物語日本史 2』。

「遣唐船物語」「羅城門《らじょうもん》と怪盗」――「羅生門《らしょうもん》」という映画がありますけど、これは「羅城門と怪盗」で、どんなものかというと、「2」と書いてあるように、シリーズで『物語日本史』全十巻というのがあるんですが、その第二巻だけが、なんか知らんけど、そこで売っていたんです。売っていた第二巻だけをなんで買うたんか知らんけど、「おもろそうや」と思って買うたんでしょうね。「物語」と書いてあったからかもしれませんが、それが小学校二年のときだったんです。五百五十円ですね、箱入りで。一九六七年三月二十日第一刷発行で、一九六九年十一月二十日に、出て二年ぐらいして第三刷が発行されていますから、売れていた本なんでしょうね。この第二巻だけを見つけて買ったんですが、これをものすごく気に入って読んだんです。

人間が出てくるからおもろい

これはなんの本かといったら、「物語日本史」と書いてあるように、日本の歴史ですね。日本の歴史を物語として書いてある本なんですけど、小学校二年のとき、これがものすごくおもしろかったんです。「これを全部読みたい」と母親に言いましたら、母親が本屋さんに行って、「取り寄せてくれへんか」と言うてくれて。そうしたら、本屋さんが取り寄せてくれて、全十巻を、いっぺんに買うたのか、ちょっとずつ買うていったのか忘れましたが、とにかく揃えて、順番に読んでいったわけです。

どんな内容かというと、一つの巻の中に一つの話じゃなくて、歴史ですから、トピックがありますから、いろんな話が載っているわけですね。1は「日本の国づくり」「聖徳太子物語」、2が「遣唐船物語」「羅城門と怪盗」、3が「源平の合戦」「三代将軍実朝」、4が「モンゴル来たる」「太平記物語」、5が「戦国の名将たち」「鉄砲伝来物語」、6が「信長と秀吉」「関ケ原の決戦」、7が「ザビエル渡来物語」「島原の乱」、8が「勇将山田長政」「赤穂浪士」、9が「幕末のあらし」「西南の役」、10が「日清日露戦争」「太平洋戦争」と、こういうことになっていますけれども、これを、物語風に書いているわけです。

第八巻は、稲垣史生《しせい》という方が書いて、第六巻は池波正太郎が書いているんですね。だから、文章がちゃんとしているというか、いいんです。何がいいかというと、学校で習う歴史というのは、「この年にこんなことがありました」というのは教わるんですけど、物語になっていないから、いまいち「なんで、そうなったん?」という因果関係がつかみにくいというか、理由をちゃんと説明してくれていない。この本の場合だと、物語ですから、要するに、最初に人物が出てくるわけです。それで、「ここの景色はこんな入江で」

というように書いてあって、頭の中にその場所の景色も浮かんでくる。

第二巻の最初は、天平《てんぴょう》十二年、西暦七四〇年の「藤原広嗣《ひろつぐ》の乱」という話から始まるんですが、教科書だと、年号と、「藤原広嗣という人が九州の筑紫で反乱を起こしました」としか書いていないんだけれども、『物語日本史』では、砦《とりで》がどんな感じだったとか、そのとき藤原広嗣がどう思って反乱を起こしたとか、広嗣の内面とか、まわりにおった人の気持ちとか、そのとき、都では誰が何をやっていたかとか、そういうのがすべて物語タッチに書いてあるわけです。それが、小学校二年生ながらにムチャクチャおもしろくて、これがたぶん追求していくと、変な人間の始まりなんですね。

いろいろ考えたんですが、ここで、「これだ」というのがわかったんです。これさえ読んでいなかったら、もっとまともな人生を送っていたかもしれず、つまり池波正太郎のせいでこんな人間になってしまった、と言うことができるんです、って、それはわかりませんけれど、とにかくこうした読書体験が最初にあったんですね。

この巻には、ほかにも承平《じょうへい》・天慶《てんぎょう》年間(九三一~九四七)の、藤原広嗣の乱から二百年後の「平将門の乱」ぐらいまでの話があって、その間に空海の話や遣唐船——いわゆる遣唐使ですが、阿倍仲麻呂とか、藤原清河《きよかわ》とか、そういう人が出てきたり、大伴家持《おおとものやかもち》と『万葉集』の話があって、家持が政治的に敗北するところなんかも描かれているわけですね。

今のようにいろんな方面から知識や情報を入れられる時代だったら、こういうのを読んで、そこからもっとずっと専門的に深く掘っていって、所謂《いわゆる》オタクになったのかもしれませんけど、当時はそんな感じでもなくて、ただ読んで、おもしろいなと思っていたんです。

教科書とは違う語彙が身につく

そうして、小学校五年ぐらいになると、たしか歴史の授業というのが始まるんです。今は知りませんが、その頃はそうで、僕からしたら、小学校二年からこういうのを読んでいますから、「早《はよ》う、歴史の授業が始まれへんかな」と思っていて、歴史の授業が始まったら、俺はもう一躍、ものすごく優秀な人間になると期待していたんです。それで歴史の授業が始まったんですけど、こちらはだいたいの流れがわかっているから、学校の先生の言うてることがアホらしく思えてくるわけです。「それくらい知っとるわい」と思って、あんまりちゃんと聞いていない。

それで、学校のテストがあったんです。テストで、「なぜ、桓武天皇は平城京を捨てて長岡京に遷都しようとしたのか」みたいな問いがある。いろんな理由が教科書には書いてあるから、テストの答えとしては教科書に載っていることを書かなければならない。でも、僕はナメて授業を聞いていないし、正しいことは全部『物語日本史』に書いてあると信じているから、「藤原種継《たねつぐ》卿が出世を急いだから」と自信を持ってテストに書いたら、思いっきり「×」で。先生からしたら、「誰、それ？」と。また「なぜ、長岡京を捨てて平安京に遷ったのか」という問題に対しても、『物語日本史』を信じているから、「藤原種継卿の血塗られた長岡京が恐ろしかったから」とか書いたりして。もちろんそれはどっちにしても間違いなのですが、そういうところから、いろんな挫折が始まっていったんですね。

そうした本との出会いによって、ちょっと違う感じのようになっていったんですけど、その「違う感じ」というのがいいことなのか、悪いことなのか、どんな影響があったのか。つまり、歴史を丸暗記するんじゃなくて、物語として、人間の内面から、人格から歴史を見たりすることが、自分に対して、学校の成績以外にどういう影響を及ぼしたのか。今やっている仕事に対してええ影響があったか、悪い影響があったかというと、そんな質問自体が間違っているかもしれませんけど、仕事に対しては僕はわりとええ影響があると思いました。逆に言うと、そんな影響があったから今のような仕事に追い詰められていったのかもしれませんけども、とにかく影響があった。

そのひとつに、語彙《ごい》の集積があると思います。つまり歴史には、今は使われなくなった言葉というのが、子ども向けとはいえ出てきますから。たとえば、さっき言うた「藤原種継卿が――」と言うときの「卿」という言葉なんていうのは、今は普通には言いませんよね。公卿《くぎょう》という、そんな官位みたいなものがないですから、「太政官なんとか卿」とか言いません。「なんとかさん」とか「なんとか氏」とかは言いますけど、「なんとか卿」というような、学校や教科書で使われている語彙とは、体系がちょっと違う語彙が身についた、そういうのがあったようには思います。

小学校の五年か六年のとき、雨の日で、すべての授業が壊滅して、どうしょうもない、やることがなくなったときに、みんな一か所に集められて、今でいう漢字検定的なもの、イレギュラーな漢字のプリントが配られたんです。書くほうじゃなくて、読むほうのプリントだったんですが、それをなんの気なしにやったら、同級生は一問もできないようなやつを、自分だけはほぼ全問わかるということがあって、そのときにはじめて、自分の語彙が普通の人とは違うということを知ったんです。もちろん、子どもだから覚えるのが早いということはあったでしょうが、教科書とは違う言語が身についたんだと思いますね。

自分の中にある「その世」

だけど、そんなことより、何より大きいのは、時間のずれというか、現代に生きているんだけど、現代に生きていない感覚というようなのがあって。日本語というのは、長い間ずっと、僕らが子どものときから、現在の状態でも、少しずつ変わってきていますよね。意味も変わってきているし、ニュアンスも変わってきているし、同じ言葉の意味が違うように使われたりとかするような変化というのは、僕たちは日常に感じています。

たとえば、もともとは的屋《てきや》とか、香具師《やし》とか、裏社会の言葉だった「ヤバい」という言葉は、そもそもが、「おい、デカが来たぞ、ヤバいぞ」みたいな言葉だったのが、次第に一般化して、僕らの時代には「危険だよ」という、直訳的に出てきたのが、だんだん変わってきて、いまのスラングでは「格好がよい」「突出している」といった意味でも使われてというふうに。言葉というのは、何十年か経つと変わっていきますけど、それは、少なくとも自分の生きている有限の間でしか体感できないし、よほど言葉に意識的でないと忘れてしまうし、自分の語彙をそのまま疑いなく使い続けるから、「何か、若い人の言っていること、さっぱりわからんな」「年寄りの言っていること、さっぱりわからんな」「昔の日本語って、読んでも何を言っているか全然わからへん。なんで、ここでこうなるの？なんで、ここでこう思うの？」というようなことになるんです。

もちろん、当時は小学生ですから、すべてがきっちり筋道通るようにわかるわけではないんですけども、子どものときにそういうものを読んだことによって、どこかで、細いけれど繋がっているというのが、言語を通じて感じるということで。だから常に、誰かと何かをしゃべっていても、タイムスリップの感覚があるんですね。それを一度、古い言葉で言い直すとか、それを十年前の言葉で言い直す、百年前の言葉で言い直す、千年前の言葉で言い直す、そういうのがあると思うんですね。

最近、僕がよく言っていることがあるんですが、「#日本語で言え」というやつね。普通に英語で言うことってあるじゃないですか。それを一回、日本語にするというのは、自分の中にも、何か無理があります。でも、やっぱり、そこに戻るだけの根拠みたいな、繋がっている紐みたいのがあるんですね。「ちょっと待て、繋がっているぞ」と。「細い紐やけど、たどっていったらこういう言葉やったわ」みたいな、そういう細いものが繋がっていっている感じというのは、子どものときに『物語日本史』みたいなものを読んで、たとえば、「天平十二年にはこんなことがあったんやな、こんな官職があったんやな」「人はこんな感受性やったんやな」「こんなことで怨霊を恐れたんやな」と、そういうことが言葉のレベルで繋がっているというようなことがあるというのが、自分の読んだことによる一番大きい影響だと思うんです。

もっと抽象的に言うと、「あの世」ってありますね。「あの世」というのは、たぶん、どこか意識していると思うんです。「この世」というのは現世ですけど、僕らが今いる現世というのを、僕らは普通に意識して生きていますね。でも、ファンタジーとかSFとか読むとき、あるいは、映画とかエンタテインメントとか観るとき、「あの世」と思って読んだり観たりしていると思うんです。自分には関係ない、自分はそのときにいない。もちろん、当事者ではないし、自分という意識がなくなってその世界をただ見ている。それが映画を観たり、娯楽の小説を読んだりするときの気持ちで、「この世」というのは、常に自分が今、現実に生きている自分を意識しながら生きている、それが「この世」です。

この二つの間は断絶しちゃっているんですね。でも、歴史をファンタジー化してしまうというのは、「あの世」にしてしまっているということだと思うんですけど、日本語でちゃんと細いもので何か繋がっていますよというふうに感じるのは、「あの世」と「この世」以外に、もしかしたらもう一つ、別の居場所、「その世」みたいないい場所が自分の中にあって、そこから両方を繋いでみて、日本語でそれを一つにまとめるというようなことをやっているんじゃないかと。たとえば、今やっている仕事でも、『ギケイキ』という室町時代に成立した話を書いていますけども、なぜ、そういうことがやれるか――やれるというか、あまり方法論的に「こういうやり方でやろう」と意識してやるのではなく、自然にやれるのは、やっぱり、この『物語日本史』を読んだことが大きいかなと思います。この本は、今も売ってるのかどうか知りませんけど、今読んでも、とてもおもしろいんです。

自分にとってとても大きかった読書体験

当時、今もあると思うんですけど、マンガで日本の通史をやっているものがありました。その頃は、もう五十年ぐらい前ですから、マンガの地位というのが今のように高くなくて、マンガは有害図書みたいな、そんな扱いで、僕は、もちろんマンガも好きで読んでいましたが、学校の図書館には普通のマンガは置いていなかったんです。でも、そのマンガで日本の通史をやるシリーズだけは置いてあったから、図書館へ行って本を読むような状況になったときは、みんな、本を読むのはいややから、せめて、なんでもいいからマンガでということで、それをけっこう読んでいた気がします。それは、また言葉とは違うかたちの表現ですから、人の表情とか――たとえば足利義政が政治に倦《う》んで銀閣寺を建てるときの疲れきった表情というのを、いまだに覚えていますけど、そういう視覚的なものもあります。とにかく、そういうふうにして、日本の通史を子どものときに知るというのは、自分にとってとても大きい読書の遍歴の体験だったなというふうに思います。

この『物語日本史 2』は、実家に置いてあって持ってきたんですけど、付録なんかはもうないんですね。たぶん、「七一〇《なんと》きれいな平城京」とか、カルタ風に、語呂合わせで年号を覚える、そういうものがあったんです。覚えようと思って、切って、ポケットとかに入れていたんでしょうね。駄目な片鱗《へんりん》がすでにもう現れていますね。小さく本名を、マジックで「まちだやすし」と書いて、いやになって消そうとして消しきれなかったみたいな、非常に駄目な子どもであったことを物語っていますが、こういうことがあったんですね。

第二回　夢中になった作家たち——北杜夫と筒井康隆

「語り口」に目覚めた中学時代

それから中学に入りまして、本ばっかり読んでいたらあかんというようなことを常々親にも言われて、「なんか、せなあかんな」と思ったんですけど、あまり他のことに興味を持てず、本ばかり読んでいました。

ただ、中学に入ると、ちょっと違うことがありまして。中学は、大阪市立大和川中学という新設校に入ったんですが、「クラブ活動をやれ」と言われるんですね。別に入らなくてもよかったのか、絶対入らなあかんのか忘れましたけど、推奨されるんで、友達の家で、「何にしようか、迷っている」と言ったら、その友達のお母さんが出しゃばってきやがりまして、「町田君は詩吟《しぎん》部に入ったらいいんじゃない?」と。なんと、詩吟部があったんですね。「なんで中学に詩吟部があるねん」と思うんですけど、でも、もうちょっと垢ぬけたやつがいいなと思って、それで入ったのが、これも、「なんで中学にそんなものがあるねん」という、ワンダーフォーゲル部です。意味がわからんでしょう。ワンダーフォーゲルって、今でもあるのかな。「登山部とどこが違うの?」と思うんですけど、なんか違うらしくて、登山部というのはひたすら目的を達成するために山に登るけれども、もっとロマンチックで、フラフラさまよう、意味わからんけどボヘミアン的な、ワンダーフォーゲル部に入って、普通に近所の低い山に登ったりしていたんです。

ワンダーフォーゲル部というのは難しいんですね。何が難しいかというと、野球部だとやっていることが見ていてわかるでしょう、何をやっているか、ルールがはっきりしているし、目的がはっきりしているから。野球の試合を毎日やるわけじゃないけど、試合のための練習というのがわりとはっきりしているんですね。球をうまく投げるとか、うまく捕球するとか、打つとか、走るとか、明確なんです。ワンダーフォーゲル部はさまよっているだけですから、練習することがないんですね。だから、単に体力を付けるとかいっても、新設校とはいえ、先輩も一応いるんですけど、何を指導していいかわからないんですよ。とりあえず走ったらいいと思ったんですかね、グルグル学校のまわりを走ったりしたんですけど、いまいち、やっている感がなかったので、「じゃあ、山に行くときに荷物を持つから、荷物を持たせたらいいんじゃないか」ということで、リュックサックを背負って、中にものを入れて走って。それで、山に行ったら一泊ぐらいするから、何か食べなあかんでしょう。だから、料理の練習とかいって、学校の裏庭で火を点けて飯を炊いたりして、何をやっているのか、実態のわからへんことをやっていたんですね。

そのとき、一つ上の温厚な先輩が、北杜夫《もりお》の本を読んでいたんですね。「これ、おもろいぞ。お前、読んでみぃ」と言って、その本を貸してくれたんです。『船乗りクプクプの冒険』という薄い本でしたが、当時、ユーモア小説みたいな感じで、北杜夫、井上ひさし、それから遠藤周作が流行《はや》っていて。遠藤周作は、暗い、重い小説も書いていますけれども、エッセイはちょっと笑う感じがあって人気があったんです。

そういう流れで先輩も読んでいたと思うんですけど、それで読んだら、童話みたいな、メルヘンチックな話で、弱々しい子どもが、キタ・モリオ氏が書いた『船乗りクプクプ』という白紙ばかりの本の世界に入ってしまって、という、わりと他愛もない話なんですけど、その筋というよりも、表現がおもしろかったんですね。言葉の使い方、つまり、文体というか、語り口と言ったほうがしっくりくるんですけど、言っている中身は、たぶん、それまで読んでいたものとそう変わりはないんですが、語り口が軽妙で、ちょっと笑かす感じで。それはどっちかというと子ども向けの本だったんですけど、最初から子ども向けに書いた文章じゃなくて、作者が力の方向付けをせずに、自分の筆に任せて存分に伸び伸びと書いたもので、その文章がおもしろいというのをそこではじめて知ったんです。「あ、こんなおもしろいものがあるんや」と、そこで、自分の、本というもの、読書というものに対する考え方がちょっと広がったんですね。この北杜夫という人の書く話はおもしろいと思って、自分でも文庫本を買って読むようになったんです。

北杜夫の危険な世界

そのときに、ものすごくおもしろいなと思ったのが、さっきの『船乗りクプクプの冒険』のような、他愛もない話とはちょっと違った、いわゆる文学ですね。いわゆる文学というものをはじめて中学生のときに読んで、それを、どこまで自分がわかっていたかわからないんだけれども、とにかく衝撃的に「あ、これは、おもしろいからいい」と思うと同時に、自分にちょっと危険なものだという感じがしたんですね。たとえば、行ったらあかん場所ってありますね。親とか学校の先生とかが、「ここは行ったらあきませんよ」というような、そこへ行ったら補導されるみたいな、遊郭なんかは今ないですけど、盛り場とか。僕らの時代でいうと、今はもう健全な感じになっていますけどライブハウスなんかは、薄暗くて、暴力の気配が濃厚で危険な感じもありました。

でも、自分の場合は家で本を読んでいるだけですから、そういう感じには見えないですよね。人から見たら、「ああ、家でおとなしく本を読んでる。陰気な少年や」ということなんですが、本人の頭の中では、「これは、なんか相当危険やな」という感じがあったんですね。それで、ヒクヒク笑いながら読んでいたら、親が心配して、「何、読んでるねん?」と訊くから、「これ、メチャクチャおもろいねん」と言って、そのおもろいと思うところを朗読したら、「こんなん読んだら、頭おかしくなる。あんまりのめり込んだらあかん」と言われました。親は普通の人間でしたから、そんなことがあったんです。

その話を今回するために、北杜夫の本をここ数日でまた読んでみたんですけど、メチャクチャおもしろいですね。たぶん、その頃も、表面上の言葉のおもしろさは感知できていたと思うんです。何がおもしろかったかといったら、ストーリーがほぼないんですね。それまで読んでいた話だと、事件が起きたりとか、ある人があることによってこう変わるとか、何か問題設定があってそれが解決するとか、目標があってそれが達成されるとか、この人とこの人が争いになって最後にこっちが勝つとか、そういうストーリーの始まりと終わりがあったんです。

ところが、今日ここに持ってきた『遙かな国 遠い国』の中にある話には、そういうものがいっさいなくて、ただひたすら、人間の心の中にある不安とか、恐怖とか、衝動とか、情動とか、妄執《もうしゅう》とか、そういうものが書いてある。そういうのを初めて読んで、おもしろくてしょうがなかったんですね。ある程度の年を取ってこの本を読むと、けっこう身につまされたりとか、その内容がもっと自分の存在に対する危機として迫ってくるんですけど、このときはまだ子どもですから、不安感とか恐怖感が迫ってくることはなくて、ただ、ひたすらおもしろい。おもしろいというのは、ゲラゲラ笑うというんじゃなくて、ヤバいものに触れているワクワク感、スリル感というか、たとえば、未成年者の喫煙・飲酒というのは法律で禁止されているわけですけれど、その禁止を破るような感じがあったんですね。そういうものを見て、いいと思うということ自体が、たぶん、人として駄目になっているということですが、そういうことがあったんだと思うんです。

それで、どんな話か、今説明したんですけど、わかりませんよね。だから、もうちょっと具体的に説明すると、この『遙かな国 遠い国』の中の一編で『三人の小市民』という話があります。三つのパートに分かれていて、三人の人が出てくるわけですが、中学生で読んでいたときは、「なんで、急に。さっきまでの人、どこへ行ったん?」という感じでわからなくて。これなんていうんですかね、確か、ロンド形式とか言ったように思うんですけど、違うかもしれません。そいでこの作者が、「小市民」と書いているということは、作者はわりと批判的にここの登場人物に関して書いている。でも、それはわかりやすい批判ではなくて、自分自身にこういう部分があると、おそらく自嘲的な意味を込めて書いているからおもしろいんだと思います。

最初は「魔王」という話です。何をやっても駄目な人。人生どん詰まり。だんだん年もとって、何回も失業して、頭もあんまり賢くないし、特別な技量もないし、「俺は不運に違いない」と子どものときからずっと思っているから、不運を自分で呼んでいる、そんな人です。

あるとき、会社でこの人が働いていたら、会社がロッカーを社員のために新調してくれたんです。ロッカーというのは、着替えたらコートを掛けて、私物を入れておいて、そこで着替えて仕事をするみたいなもので、それをあつらえてくれたとき、その人は、「わあ、やった」と喜んだんです、一瞬。「でも、待てよ」と。「俺はいま、やったと思った。おかしい。俺の身にラッキーが訪れるわけがない。絶対これは不運になるから、俺は浮かれてはならない。俺は不運な男やから、気をつけなあかん」と思ったんですよ。

ここに入れていたら、誰かが来て、コートとか——それはボロボロで、冷静に考えたら誰が持っていくねんみたいな、半分ゴミみたいなものですけど、財布もあるし、盗まれるかもしれんと思ったその人は、今で言うたらホームセンターというところですかね、金物屋に行ってメチャクチャ頑丈で高い南京錠を買うてくるわけです。「これは絶対なくしたらあかん」と南京錠のカギを財布に入れて、財布をコートのポケットに入れて、コートをロッカーに入れて、大きい南京錠をガシャンとかけて、「ああ！」と。「俺の不幸はこれだったのか、やっちゃったあ」と言って、ロッカーを開けようとするんですけど、いいロッカーなので、頑丈で開かない。南京錠もちゃちいやつだったら外れるけど、一番高いやつを買うてきたから開かない。それで焦りまくって、同じ南京錠をもう一つ買いに行って、「このカギ、いけるかな」と思っても形が違うから開かない。結局、職人を呼んできて開けてもらうのにひと月かかって、「やっぱり、俺は不幸や」と妙に納得する。

　そういう人が起死回生をねらってパチンコ屋に行くんです。昔のパチンコですから、今と違って、玉を買って持ってきて、指で一発ずつ矢継ぎ早にはじくんです。でも、その人は、お金もないしケチなんで、ピンとはじいて行き先を見て「外れた」、またピンとはじいて「入った」と、そんな感じなんですね。だから少額でも長いこと持つし、一回でも入ったらすぐ換金しに行くから、あんまり損も得もしないでやっていたんですけれども、そのときは、ちょっと気がおかしくなっていて逆上して、「千円」と書いてありますけど、今で言うたら、だいたい十万円分に相当する玉を買って、やり出すんですね。

　それでも、最初のうちは駄目なんですけど、途中で考え方を変えるんです。「待てよ」

と。「俺は、運が悪かったと自分で考えていただけちゃうか。もしかしたら、俺は考えようによってはすごいやつちゃうか。俺は魔王だ」とか突然、思って、そしたら実際にムチャクチャやったら入り出すんです。玉がものすごく出るんですけど、その出た玉を、今だったら箱に入れてもらいますが、その人はどうもポケットに入れていて、全身玉になっていって。その頃、パチンコは人力で制御してますから、入り出したら入らないように裏で操作することができたらしいんですけど、「俺は魔王だから、そんな操作には負けけん」とか言って、何回か操作されるんですが、そのつど勝って。最後に、また操作されても、「俺は魔王だ。この店潰すまでやる」とか言って、別の台に移動しようとしたときに、着ている服がもともと擦り切れた安い背広ですから、いっせいに破れて、鋼鉄の玉が全身から噴出して。それをまわりの人が、「あ、玉や」と拾っているのを、「魔王の玉に何をする!」とか言って行こうとしたら、下が玉だからガーッと滑ってこけて、頭を打って、「俺は魔王だ」と言ってうごめいている——。これ、おもしろいでしょう? 筋そのものはなんにもないですよ。今は、僕が口で言うたんですけど、文章だともっとおもしろいです。これが一番目の話です。

それで二番目が、広場で空飛ぶ円盤、今で言うUFOを待っている集団の話(「空地」)

で、三番目が、家賃収入で生きている男の住む家に得体の知れない虫が発生するという話（「家」）です。

この三番目の人は怠惰で、いっさいのことに興味がなくて、自閉したような生活を送っているんです。外に出るのが嫌いで、家にいて安心しているのが好きなんだけど、そこにものすごい凶暴で人を噛《か》むという、得体のしれない虫が大量発生して、薬をまいても駆除できないんです。それで、あるとき、決定的なことをやろうとして、ムチャクチャに薬をまいて、「もう死んでるやろう」と思って帰ってきたら、虫がもっと増えて、家中虫だらけになっていて、でもそのとき、外は嵐で、家にも外にもいられないという、わりと象徴的な、内面の恐怖と不安をそういうかたちで描いた小説ですが、中学生で読んだときは、単純にその言葉遣いと状況がおもしろくて、読んでいたと思いますね。

そのあとに収められている話が『埃《ほこり》と燈明《とうみょう》』という短編で、これもおもしろくて。ドイツに留学したい医者がドイツに行けず、とりあえずアメリカに留学してなんの展望もないでいるところ、先輩の医者に誘われてメキシコに遊びに行く。メキシコというのはカトリックで、ものすごく信仰が深い国だけど、この人は信仰心がまったくないにもかかわらず、教会で、つい祈りを捧げてしまうという、そんな話ですが、その祈りというのがものすごく切実な祈りなんです。ちょっと読みます。

「イエス様、マリア様、私は信仰なんてありませんが、どうか怒らないでください」と、こんなふうに私は始めた。「なにとぞ私をドイツにやってください。私は困っているのです。私はなんで自分がこんなところにいるのかわかりません。大体が変てこであります。私は英語がしゃべれませんし、あんな言葉は大嫌《だいきら》いであります。このままでは困ったことになりそうです。お恵みぶかい聖母マリア様、あなたはきっと親切な人だと思いますが、この私がこんな国へ来て、こうしてあなたの前に跪《ひざまず》いているのは何かの縁ではありませんか。私がこんなところに来たのは私のせいではありません。まあ自然とこうなったのです。きっと因縁《いんねん》があったのですから、あなたは私を助けるべきです。ぜひとも、そうなさるべきです。私はダメな男ですが、とにかく途方にくれているのですから助けてください。大体カストリナキスなんて変な名だと思いませんか。おまけにあの男は女の子を部屋に連れ込んだりしております。私は女どころではありません。実に清浄潔白です。私は嘘《うそ》はつきません。昨日私は宿帳にトーマス・マンなんて書きましたが、あれはいけないことでした。とにかく助けてください。私は胸毛もないし、連中と喧嘩しても負けてしまいます。べつに胸毛を生《は》やしてくれとは申しませんが、なにとぞなるたけ早く、あんな国から脱け出られるようにしてください」（中略）

「イエス様、マリア様」と私はつづけた。「私をふざけた男とお思いですか、それは確かにそうですが、それでも見かけよりは真面目《まじめ》であります。こんな赤いアロハなんぞ着ておりますが、これは半分は無理やりに着せられてしまったのです。私はダメな男で、それは重々承知しておりますが、それでも死ぬときにはきっと謙虚な気持になるでしょう。私が死ぬときにはおそらくあなたの名を呼ぶことになるかも知れません。私はいつも死のことを考えています。死のことを考える人間はそれだけで謙虚な人間で、充分救ってやってよいとはお考えになりませんか。とにかく私を助けてください。私がドイツに行きたいのは色んな事情があるからです。そのくらいのことはあなた様は言わなくてもおわかりでしょうが、とにかくこうしてお祈りします。私は祈ったことなんて初めてですので、大変ぶしつけだったとは思いますが、お恵みぶかいマリア様、あまり怒らないでください。私はもう疲れました。もうやめます。しかし、騙《だま》されたと思って、どうか私の願いを聞いてください」

こういう祈りを捧げます。「カストリナキス」というのは、自分と同じところに住んでいるギリシャ人のことで、これが女を連れ込んでいることとか、胸毛を生やしていることとか、あとは、祈ることに対してものすごく躊躇《ちゅうちょ》がありながら、それでも祈りに追い詰められていくというのが、非常に滑稽、かつ切実に描かれているところに、おもしろいなという気持ちを中学生の僕は抱いたんですね。

筒井康隆の一人語りの衝撃

そんなものを読みながらいたんですが、今度は、同じクラスの同級生が、筒井康隆さんの『にぎやかな未来』という短編集を読んでゲラゲラ笑っていたんです。短編というより、星新一などに近い、ショートショートという掌編《しょうへん》小説なんですけれども、『笑うな』とか、本当に落語みたいな、コントみたいな、ギャグ集みたいで、落ちが明確にあって、笑える話だったんですね。

これがおもしろかったんで、北杜夫のときと同じで、今度は筒井さんの本を読もうとして、「未来」つながりでおもしろいだろうと思って買ってきて読んだのが『幻想の未来』

なんですけど、これがもうとんでもない小説でした。中学生のそのときは、はっきり言ってまったく理解できなかったんですが、それでもなんとか読んで。今回、ここで話すために読み返してみて、「こんなすごい小説だったのか」というようなことを思ったんです。

この『幻想の未来』が描くのは、簡単にひと言でいって「滅亡っていいよね」という話です。今、持続可能的な社会とか言っているけど、これを読むと、ちゃんちゃらおかしくて、「アホちゃう?」みたいな感じがします。何を書いているかというと、個人の死とかそういうレベルじゃなくて、人類の滅亡の力ずくの肯定。だから、個人が悲しいとか、うれしいとか、そんなことを超越して、「滅亡っていいよね」ということを力ずくで、小説で納得するように書いているという、本当に恐ろしい人だなと思いました。

でも、それは今わかったことで、当時はわからなかったですね。なぜ、筒井さんがいろんな常識とか価値を転倒して、たとえば、笑いのほうに行くのか、人間存在そのものを震撼させるようなことを文学でやろうとするのかという根源が、この『幻想の未来』という小説の中にある気がしましたが、それは今読んでみて思ったことです。

その頃は、「これはわからんな」と思いながらも、「絶対おもろいはずや」と思って、長編・中編いろんなものを読んだんですが、でも、やっぱり、自分のその後の流れにつなげて言うと、『経理課長の放送』とか『夜を走る』とかいう話が、自分のその後やった仕事に強い影響を与えているというのがありましたね。

『経理課長の放送』はどういう話かというと、放送局に労使紛争、ストライキが起きて、組合員がピケを張って、アナウンサーとか技術者が入れないようにしていて。そこには役付の重役と社長とかしかいなくて、素人が機械を操作して放送をやっていて、みんな、人前でしゃべるのはいややから、一番下っ端の経理課長がマイクを持って生放送を一日中やらされているという設定です。だから、「いま、コマーシャルです」とか言って、ちょっと休めると思ったら、「コマーシャルは人事課長がやったので、テープ逆回転で何を言っているのかわかりません」とか、「すいません、いまの爆発音は、テープレコーダーが爆発しました」とか、そういうことを、ずっと一人語りでやっているという小説です。

『夜を走る』というのは、タクシーの運転手の一人語りです。最初に僕が小説を書いたとき、一人称の語りで書いたんですけど、なぜそうしたのかとよく聞かれました。だから、これはほかのところでも何回かしゃべったことですが、自分は小学校のときに、「素人名人会」という番組を観たと。それは素人が演芸をやって、プロが批評する番組で、素人のおじいさんが上方落語で「寄合酒《よりあいざけ》」という話をしたと。それが合格して、その合格を出したのが桂米朝《べいちょう》で、そのおじいさんは、前に出たときは落選していて、そのときが二回目やったと。そうしたら桂米朝が「あんたは、よう、うまいこと考えたな」と言ったと。つまり、寄合酒は一人称で、会話がなくて、誰かが何かやっている、失敗しているのを、「おいおい、お前、何やってる。そんなんしたらあかんがな」と、誰かがやっていることを一人の口調で語るから、人物の語り分けをせんでええと。米朝が「あんたは人物の語り分けが下手やから、これでやったら、それはできるわな。うまいこと、考えたな」と言うのを小学校のときに聞いたのを覚えていて、「俺もこれをやってみたろう」と思ってやったというのは、確かにそうなのです。

本音の言語と建前の言語

けれど、自分でそうだと思い込んでいたんですけども、今回改めて読み直すと、その素人名人会の番組を観たあとに、この『経理課長の放送』と、『夜を走る』という筒井さんの大阪弁の小説を読んだことが、その後の自分の仕事の根底にあったんだなと、そういうふうに思うわけです。

この『夜を走る』というのは、この場所で朗読するのは憚《はばか》られる内容なのですが、でも読みたいので読んでみます。

そらま、たしかにわいは、タクシーの運転手としては気むずかしい方やし、時たま乗車拒否かてせんことないさかいに、暴力運転手いわれたかて仕様《しゃ》ないけど、それも客によるがな。こんなグラマーの姐《ねえ》ちゃんたったひとりで乗ってきよったんや。別に寝まひょかちうことにならいでもかめへんねん。話しとるだけでおもろいし、第一えがな。あの声ずっと聞いてられるねんもん。はじめに返事せなんだん失敗や。えらいことしてしもうた。今ごろから声かけられへんで。あかんあかん今ごろ声かけたら、よけい警戒しはりまんがな。……

これはなりきらんとできへんのですが、こういう一人称の大阪弁の語りが延々と続くんです。これはものすごく生《なま》な大阪弁で、それがまた衝撃だったんですね。

どういうことかというと、自分はそれまで、文学の言葉に対して、土俗・卑俗の言葉を混ぜるということが、ちょっと考えつかなかったんです。文学の言葉というのは、なんとなく遠くでボーッと光っている言葉で、自分の身近で近所の人とかがしゃべっているようなものとは全然次元の違う、レベルの違う、まったく別の言葉。つまり、この世には文学の言葉と日常の言葉があって、それは絶対に混ざらないし、混ぜてはいけないものだと思っていたんですね。ところが、筒井康隆においては、それがもう簡単に混ざって、そこにあった。これは、途轍《とてつ》もない実験だなと思ったんですね。だから自分が遠い将来にやった、いろんな言葉を混ぜることの根はやっぱり、ここにあったと思うんですね。

それは、もっと言うと、二種類の言葉が自分のまわりにあったんですね。テレビのニュースで読んでいる言葉とか、学校の先生が授業で言っている言葉とか、友達としゃべっている言葉とか、近所のおばさんがしゃべっている言葉とか、親が家でしゃべっている言葉とか、親戚がしゃべっている言葉とか。要するに、それは標準語と方言と言ってもいいんだけど、別の言い方で、文学の言葉と土俗・卑俗の言葉、高尚な言葉と卑俗な言葉、あるいは、建前《たてまえ》の言語と本音の言語と言ってもいいと思うんです。それで、本音の言語というのは、絶対に狭いここだけのものやと。そんな広い、パブリックのところに出ていくもんではないと思っていたんです。ところが、「俺らがしゃべっている言葉がここにあるやんけ」と。これってすごいことやなと衝撃を受けたんです。

でも、本当にすごいことだと思うのは、たとえば、中島らもさんが晩年にテレビに出たときに、「本当のことを言ったら殺される」と言ったんですが、それはどういう意味でおっしゃったかわかりませんけれども、人にとって、本当のことというのは不快なんですね。誰にとって不快なのか。それは権力者にとってか、それとも民衆にとってか。たぶん、両方にとって不快なんですね。だから別に、誰かが弾圧しているとか、自主規制しているとか、そういうことじゃなくて、やっぱり、それは混ぜたらあかんもんなんです。でも、筒井さんの小説は、それを混ぜておもしろいものにしている。

たとえば、結婚したとき、キリスト教の教会みたいなところに行って、式を挙げて、今そんなことをやっているかどうか知りませんけど、「あなたは永遠の愛を誓いますか」みたいなことを神に誓うわけですね。だけどその人はキリスト教でもなんでもない。それは、欺瞞《ぎまん》じゃないですか。嘘じゃないですか。でも、それは、建前の言葉だからいいんです。つまり、本音の言葉と建前の言葉はそれぐらい分かれているんです。もしも本当に誓うのならば、なんかわからんけど、ものすごい神様みたいなもの、唯一の神みたいなものに誓ったら背けないはずなのに、いとも簡単に誓ってしまうというのは、それは、建前の言葉だからできるわけで、本音のレベルでは、そんなことは言わないわけです。建前の言葉だから、欺瞞の言葉だから誓えるわけですね。そういう意味では、高尚な言葉というのは、もしかしたら欺瞞の言葉かもしれないと、自分はそのとき思ったんです。「これ、嘘かもしれない」と。「だから、本当のことを言ったら殺されるんやな」と思ったわけです。

当時は、今みたいになんでも活字になるわけじゃないですから、ここまで文学の言葉と土俗・卑俗の言葉がメチャクチャに混ざっていて、それが小説として書かれて、普通に読めるということにムチャクチャに興奮しました。「これか。これやで!」というふうに思って。それから筒井康隆さんの本を探して貪《むさぼ》るように読み続けたというようなことが、学校時代の自分の読書遍歴、私の文学史の一つとしてあったということです。

第三回　歌手デビュー

――パンクと笑いと文学

フォークとロックは本音の言語か？

第三回は、音楽と歌詞の話です。この前、「わらう！　太宰治」という企画展が群馬県の土屋文明記念文学館というところであって、講演する（二〇二一年十二月十二日）のでその告知をしようと思って、そこのウェブサイトに行ったんですね。そしたら、プロフィールみたいのが載っていて、経歴が書いてあるんです。何年生まれで、何をやって、どんな本を出してと書いてあって、それで最後に、作家だったか小説家だったか、それはどっちでもいいんですけど、「作家、ミュージシャン」と書いてある。「ミュージシャンって、誰が言《ゆ》うたんや、こら。ミュージシャンちゃう言うてるやろ、こらっ」みたいな。勝手にミュージシャンと書かれるんですね。「プロフィール、これでいいですか」という確認が来て、それを僕がちゃんと読んでいなかった可能性もあるんですが、でも、ミュージシャンと言うてないのに書くなと思うんですけど、なんなんですかね。だいたい、英語で言うこと自体がムカつくしね。「シャンてなんやねん。ミュージッカー、ミュージキストでもええがな」と思うんですけども。

長い時期の中では、たぶん、ミュージシャンと言うてた時期もあるのかなと思うんです。でも、よくよく考えてみると、「俺はミュージシャンちゃうな」というのがあるんですね。どこが違うかというと、ミュージシャンと話していても、「こんな音楽、好きやねん」という部分では話が合うんですけど、違うところでは全然話が合わない。なぜかと思ったら、やっぱり、自分は「言葉」に興味があるんだなと。考えてみたら、そもそも音楽をやり出したときも、音楽そのものに興味があったというよりは、その音楽のたたずまいというか、その音楽を言葉で表現したときのあり方が好きだったんじゃないかなという気がします。

それはどういうことかというのを順を追って説明しますと、最初に音楽を聴いていたのはテレビで、歌謡曲とか、番組の主題歌とか、アニメの主題歌とか、特撮ヒーローものの主題歌とか、そういうものを音楽として聴いていたと思うんです。あと、あの頃は、町の商店街とかで、いわゆる流行歌というのがラジオから流れていまして。それは、日本語でやっていますから、今の歌のように言葉が細かい音符に割り振られていないですから、メロディーに言葉を乗せて歌中心で作ってありますから、また、リズム中心というよりはメロディー中心で、メロディー中心の中でも言葉がよく聴こえるように作ってありましたから、自然と言葉を聴いていたんです。歌のメロディーは自然みたいなものですよね。自然に情感に訴えてくる、バックグラウンドで作動しているものですから、聴いている人が何に共感しているかといったら、歌の文句、歌詞に共感していたんです。

でも、僕の場合、もうすでに筒井さんを読んでいたあとには、本音の言語と建前の言語に、常に引き裂かれているような思いがあったんですね。だから、どこかに本音の言語があるはずだと思っていた。当時の歌謡曲の歌詞というのは、もちろん優秀な作詞家の人が、人の心の底にあるものに共感するように訴えて作ってあるんですけど、やっぱり、よそ行きの言葉という気がして。別に高尚な言葉ではなく、市井《しせい》の言葉を使っているんですけど、あるいは、市井の、誰にでも起こるようなありふれたことの設定なんですけれども、なんか、ちょっと違う、「ここに本音はないな」という感じがあったんですね。

それでも子どもの頃は、ほかに聴くものがないから聴いて、大人の恋愛の歌なんかは意味がわからないながら、自然と口ずさんだりして歌っていたりしたんですけど、小学校の終わりぐらいからか、フォークソングというのが次第に流行るようになってきたんです。

フォークソングと言っても、その頃はわかりませんでしたけれど、おそらく、第一層、第二層、第三層みたいな階層があって、子どもにも届くような、わりと表面的なものから、どっぷり奥深い、アンダーグラウンドのものまであったんでしょうけれど、同級生が「これがええ」とか言うんですよ。

それで聴かせてもらっているうちに、なんかそこに、そういう本音らしい意匠をまとっていたというのもあるかもしれませんけど、本音の言葉がある気がしたんですね。いわゆる歌謡曲の歌詞は、どっちかというと建前の言語で、フォークソングは、真実と言うほど大げさなものじゃないですけど、自分らが普段しゃべっているような、筒井康隆さんの『夜を走る』のタクシー運転手の一人語りに近いような、本音、本心が表れているんじゃないかと、そういう感覚があったんですね。

それで、いろいろ聴いてみたら、たしかに言葉の質感も違うし、歌っている内容も違って聴こえる。何を歌っていたかはよくわからなかったんですけど、たとえば、吉田拓郎という人の歌は、社会運動をしていた若い人が、それから離脱して挫折感を味わっているみたいな歌詞が多かったように思います。そういう題材もそうだし、それを恋愛に託して歌うという表現の仕方が、なんか新しくて、内容も本音に近いと思ったんですね。

そうしてフォークソングを聴いていたんですけど、それでもちゃんとは聴いていなかったんですかね。そのうちに今度は、外国の音楽ですね。ビートルズとか、ローリング・ストーンズとか、この感じわかりますかね？　今みたいに情報がないですから、同級生がそれを持ってくるときの得意顔ってわかりますか。「こういうの、知らんやろう。俺、これ、知っているんやぞ」みたいな。その頃の外国の思想とか、哲学とか、いろんな海外の文学とか、ファッションとかを、自分で海外で見つけてきた、情報をゲットできた人の、あの得意な感じ。自分はただ持ってきただけなのに、さも、「俺がやっている」みたいな、あの感じで言うてくるわけですね。

それは、たぶん、上の兄弟がおった子ォらと思うんですけど、僕は長男で上がいなかったですから、歌謡曲を聴いている、ちょっと劣ったやつみたいな感じで持ってくるんです。だから、学習ですね。学習して、これがすごいと思って一生懸命学習して聴いて、それを覚えた頃に、今度はまた違う、海外のロックとか、そういうのを持ってくる。でも、ここには本音の言語があると思うことすらできないんです、なぜなら英語やから。そうなったら、信仰しかないです。要するに、何かわからんけど、百済《くだら》の聖明王《せいめいおう》が「これを拝んだらむっさええで」と言って仏像をくれたみたいな、そんな世界なんです。何かわからんまま拝んでいる。それが外国のロックやったんですね。

でも、そんなの、感覚的に聴いているうちに耳に馴染んで、だんだん好きになってくるというのは、これは誰でもあることで。曲って、聴いているうちにだんだんよくなってきたりしますから。昔は情報がないですから、「ジャケ買い」といって、レコードジャケットを見て、よさそうだと思って買って、家に帰ってワクワクして聴いてみたら、全然ピンと来なくて、それでも二千五百円とか払っているから、もう意地から聴いているうちに、だんだんようなってくるというのは、自分らの世代ならば誰しも体験していることだと思います。そもそもそういうものだったと思うんです。だって、英語で何を言うているかわからんのに、頭からすごいことを言うているに違いないと思っているわけだから。まだ、日本のフォークソングだったら、何を言うているかわかりますから、子どもながらに判断をできるわけですけれど、それすらない、「何か、すごいことを言うているに違いない、この人はすごいことをやっているに違いない」みたいな感覚で、それが本音の言語だと思っていたんです。

「パッケージしているのは一緒やな」

でも、これが、そうではなかったんですね、フォークも、ロックも。マスコミに流通しているような言語、親とか学校の先生とかが言うている言語、社会の、ソーシャルな、というとちょっと違っているのか、あまり意味がわかっていなくて言うてますけれど、「こういうことですよ」という、みんなの共通でそうしておこうという建前のものと、ホンマの本心。たとえば、「こんなことをしたら、こういうことをせなあかんで」「人に対してはやさしさを持って、傷ついたやつに寄り添うねん」みたいなことを言うてる奴、いてますやん？　けど、そんな奴が家に帰ったら、妻子をボコボコにしているかもしれません。これが、建前の言語と本音の言語というものですが、人間はそんなもんなのですよ。絶対、どこかにプラマイ両方あるから、両方あってバランスを取っていたらそれでよしで。全部本音で行けとか、全部建前で行けというわけにはいかんけど、本音があまりにもなかったことにされているよねということで、なんか変な感じがするんですね。その本音がまったくない世界に、筒井さんみたいに、本音を爆発させたようなものをおもしろく作るということに対して衝撃を受けるわけですけど。

だから、フォークとかロックとかいうものに接したときに、建前とはちょっと違うもんやなと、違う価値がここにあるんじゃないかと思ったんですね。つまり、本音と建前以外の、真実みたいなものがそこにある気がしたんです。でも、おもいきり建前の言語やったんです、建前の組み立てが違っていただけで。仮に、右寄りの思想の人がいたとします。それから、左寄りの思想の人がいたとします。それは別に、思想なんで、本音ではないわけですから、右寄りの人が建前のことを言っているからといって、左寄りのことを言ったから建前じゃないというわけじゃないですね。どっちも建前はありますから、そういう意味では、本音ではなかった。結局、思想という建前の言葉だったわけです。

たとえばロックだったら、僕が中学生の前半ぐらいですから、時代は七〇年代の、アメリカはベトナム戦争をまだやっていて、ニュースで「ベトナム戦争をもうやめる」と言うたときのこととか、新聞に載っていたのを覚えていますから、アメリカのカウンターカルチャー、サブカルチャーみたいなものは、見ている感じだと、反戦とか、ほかにもあったかもしれませんけど、そういう思想に関係するカルチャーだったんですね。

そういうカルチャーはカルチャーで、別にいいも悪いもないんですけど、その建前というのが一応前提としてあった中でのもの、何か枠組みのある言葉だったんです。本音というのは枠組みのない、もっと不定形のもので、人間の心のグチャグチャ――はっきり言ったら人間も動物ですから、動物と考えれば、もちろん生存戦略という明確な方向性があるわけですけど、もうちょっと無秩序で、矛盾することがあるとか、強いやつの前ではへエへエしているけど、弱いやつの前では粗野で、「丸出しやな、お前」みたいな、そういう丸出しのもの。きれいにパッケージして、たとえば思想で体裁よくしているものは全然違うように見えるけれど、そのパッケージが違っただけで、パッケージしているのは一緒やなと。紙で包んでいるか、木の箱に入れているかぐらいの違いで、何かをパッケージして形にしているということは同じだから、不定形のもので転がしているものとは違うよね、ということが、そのときにわかったんです。

それは、でも、今のように言葉でわかったわけではなくて、直感的に思っていたんですね。だから、当時どうなっていったかというと、より感覚のほうに寄っていって、つまり、言葉で何かを説明しようとしているものを軽蔑すべきだと、「小説とか、あんなの読んでたら、アホやんけ」「物語なんか、嘘やんけ」と思うようになっていったわけです。結局、本音をやっているのは筒井さんぐらいで、あとは全部建前の言葉で何かをパッケージしているだけやんけと思ったんですね。

あの頃は、直感的にそういうふうに感じていただけで、実際にそんなものがあるかないか言うたら、それは詳しい人に聞いてほしいんですけど、俺らのまわりでは、ロンドンパンクというのと、ニューヨークパンクというのがあったんです。それで、実際は違うんですけど、日本で見ているイメージで、ロンドンパンクというのは無学文盲やったんです。無学文盲のロンドンパンクと、高学歴のニューヨークパンク。わかりませんか。何を言うているかというと、ニューヨークのパンクというのは文学性みたいなのがあったんです。

たとえば、大学で詩の勉強をして、詩を書いていて、暗さというか、文学的な陰影があったんですね。それは歌詞とかもそうだし、たたずまいとかもそうだし、実際にそういう詩が好きだということを言うている人もいるし、いわゆるビートニクという、五〇年代のアレン・ギンズバーグとかの直結の流れで繋がっている感じがして、年齢層も高かった。一方のロンドンパンクというのは、中卒のヤンキーが暴れている感じだったんですね。

それでどっちがええかと思ったら、その頃は、建前の文学というものはあかんと思っていましたから。結局、ムチャクチャやっているのは一部で、だいたいが建前の言葉だけやし、「グズグズわからんことばっかりぬかしやがって、アホんだら」と思っていましたから、僕自身は文学志向の強かったニューヨークパンクより、無知蒙昧《もうまい》なロンドンパンクのほうが好きやったんです。

でも、今から考えたら、自分が無知蒙昧なだけで、そんなことは何も根拠のないことだったんです。一つあるのは、そうやって言葉で説明できることを、説明からちょっと離れて、感覚を重視しなければならないんじゃないかと考えていたということで。ただそれは、やっぱり、自分には向いていなかったというか、感覚でやるということにはどうしてもならなくて、それ自体も言葉で考えて、どこまで行っても言葉で考えていたんだなというふうに思っていました。でも、その頃、文学的な湿り気みたいなものがいやだったというのは、おそらく、文学から距離を置くことによって新しい表現ができるんじゃないか、そう思っていたというのがあったんですね。

言葉を並べて「ええ感じにする」

それで歌詞を書くようになったんです。急に話は唐突ですけど、つまり、そういうふうにやっていると、無知蒙昧なロンドンパンクだったら、こんな無知蒙昧な奴がやっているんだから、同じように無知蒙昧な俺がやってもできるんじゃないかと思って、その無知蒙昧なロンドンパンクの真似をして、無知蒙昧な歌詞を書き始めたんです。でも、無知蒙昧なんだけど、最初の『物語日本史』の威力が効いていて、語彙だけが異常にあって、人に、「こいつ、得体、知れんな」と思われるみたいな異形の歌詞を書いていて、それで変な人生が始まっていくんですけど。

ただ、そのときに気をつけたのは、やっぱり、文学的にならないこと。要するに、ある情緒感とか季節感とか、ウエットな感じを排除するということ。それから、文学的な修辞修飾を排除するということ。なぜそう思うかといったら、僕は、それこそが建前の言語だと、自分たちの感覚に直結していないじゃないかと思ったからなんです。

俳句には季語というのがありますけど、俳句をやっている感じですね。いわゆる、歌謡曲の歌詞とか、文学的なニューヨークパンクの歌詞。ようわからんから全部イメージだけで言うてるんですけど、ある種の前提の強要みたいな中で建前の言語を弄《もてあそ》んでいるだけなんじゃないのかという感じがして。そうじゃなくて、もっと、筒井康隆さんが『夜を走る』でやったような、自分たちの日常の言葉、友達としゃべっているような言葉は、絶対に出てこないんですね。だから、一緒にライブハウスに出ていた同じぐらいの年で、「おお、マチダやんけ、つるめへん？」とか、大阪弁でしゃべっていたやつが、歌い出すと急に変わって、カッコつけた感じになる、〽寄宿舎で〜、とか言って。「寄宿舎なんか日本にないやろ。お前。何が寄宿舎じゃ、アホ。俺と一緒の公立高校やんけ」と、そういう気持ちになるわけなんです。

でも、皆さん、そうして笑うけど、そんな感じやったんです。つまり、ある「ロック辞書」みたいなのがあって、その中の語彙だけを使って反体制的なことを言うたりしているだけで、「それは建前の議論やんけ」というふうにしか、僕は思わなかったんです。もっと、感覚的な言葉のレベルで、「本音の言葉で攻めていかんとあかんとちゃう」と思ったわけです。

たとえば、『夜を走る』のタクシー運転手の言葉を、東京の言葉で、しかも上品な、山の手の言葉ってあるのか知らんけど、今やったら、あえてになってしまうかもしれませんけど、理知的で意識高い、いかしたおっさん、という設定で書けば、全然この感じが出ないじゃないかと思っていたわけです。だから、わざわざドレスダウンするわけではないけど、本当の、普段着の言葉でやるべきじゃないかと考えたんですね。つまり、そういう建前の思想、自分で思ってもいないこと、思ってもいないのに「ロックだから反体制だよね」みたいな、体制がないかもしれないのに反対もへったくれもないやろうみたいな話の、そういう借りてきた思想とか、ロック的な語彙からの逸脱、そういう言葉をいっさい使わないようにしないと駄目なんじゃないかと、こういうふうに思っていた。それで歌詞を書くようになったんです。

それで、歌詞を書くとどうなるかというと、やっぱり、カッコつけないながらも、なんか、こういうのがいいんじゃないかというのが生まれてきますよね。まったく素《す》の、普段しゃべっている言葉よりは、多少こわばりのある言葉、こだわりのある言葉というんでしょうか、そういうのが自然に出てくるんですね。それを使っていると、自分の中で、

「俺はこれ、カッコつけている」となるんだけども、ここにこの言葉を置いて、そんなに流れは不自然じゃないし、わりとええ感じやなという、言葉を並べて「ええ感じにする」ということを、そのときはじめて知ったんですね。こういう内容を訴えるとかというのも少しはあるけれど、あんまりそれには興味がなくて、なんか「ええ感じにする」。それは、さっき言うたように、建前になると、ええ感じじゃないんですね。カッコつけすぎたりすると、それも、ええ感じじゃないんですね、自分にとっては。でも、ちょっとだけ、好きな言葉とかを入れることによって、「あ、言葉って、ええ感じになる」ということがあったわけです。

たとえば、どういうものかと言いますと、高校生の後半ぐらいでバンドを始めた頃、あの頃は読書家がまわりにいて、多くの人がその当時の主要な現代作家の書いた小説を、ほぼ同時進行で読んでいたんですね。ただ、僕は、そういうのもバカにしていたんです、「無知蒙昧がええねん」と思っていたから、無知蒙昧で突き進んでいましたから。でも、ときどきは借りて読んでもいました。

それでその頃、僕が熱心によく読んでいたのが大江健三郎さんの一連の小説で、ちょうど『ピンチランナー調書』という小説が出た頃かと思いますが、すごく昔に出たやつも、わりと最近出たやつも、いろいろ読んだりしていました。そのときに書いた歌詞で、やっぱりこだまするんですね。どういうことかというと、小説を読んで、その小説の内容とか意味とかじゃなくて、言葉が、大江健三郎さんの小説の言葉の意味が頭にこだまする。それが、ちょっとええ感じに配置される。たとえば、「映画の中の愛しの大君」という歌詞があったんです。これは、大江健三郎さんの『セヴンティーン』だったか、『政治少年死す』だったか、どっちか忘れましたけど、右翼的な政治団体のグループの人が映画館に行って映画を観るときに出てくるくだりからヒントを得てつくったような言葉で、「ライト・サイダーB（スカッと地獄）」という曲に入っている言葉なんです。自分としては、そういう異質な部分というのですかね、この「映画の中の愛しの大君（これを僕は「大王」と書いたのですが、会社の人に「大王」は「おおきみ」とは読めないと言われ、「大君」になりました）」という歌詞は、自分の日常の言葉の中に、ちょっと文学のこだまみたいなものを入れるということで、自分の響きとしてやったように思います。

そういうふうにしながら、歌詞は書いていたんですけれども、歌詞を評価されることに対しては、そんなに、あまり自分としては「そうかあ?」という感じがありましたね。そんなに歌詞を悩んで書くこともなかったし。よく、ものすごく自分を追い込んで、底の底から出てきたものを書くなんていうことを言う人もいますけど、「そうなん？」と思いますね。あんなのは、なんか、パッと出てきたからええもんであって、あんまり考えて、そんなにやるもんでもないんじゃないかなという気もします。そういう意味では、「そうなん？」と思うんですけど、でも、それはなんでそうなるかというと、結局、ずっと話してきたことにも関係しているんですけど、今まで読んできた『物語日本史』とか、北杜夫とか、筒井康隆とか、大江健三郎とか、そうしたものの影響によって、語彙がかなりおかしくなっているから。「おかしい」というのは、異常に偏っているのか、異常に幅が広いのか、異常に深度が深いのかわかりませんけど、おそらく、人が普通に暮らしていて使う語彙以外の語彙が自分の中にストックされてしまって、それが意図的に学んだことじゃないから、「そうかあ？」みたいなことが起こっているんだと思います。

今回の話の締めくくりとしましては、「なぜ、こんなことになってしまったのか」ということですが、それはおそらく、偶然が重なって読んできた本が、そういう順番で、そういう流れで読んでしまったからと、こういうことになるんだと思います。このように、自分の読書体験を振り返ったわけですけれど、皆さんも一度、自分がはじめて意識して読んだ本はなんだったのかとか、自分の身の回りに、ほぼ自然環境のようにしてあって、何度も何度も読んだ本ってなんだったのかと、考えてみるとよいかもしれません。それから、その本をもう一度、僕もまさにそれをやったんですけど、今読んでみることで、自分というものが、「なぜ、今こんなことになっているのか」ということが、もしかしたら理解できるかもしれません。

自分の生い立ちとか、環境とかもあるけれども、もしかしたら、人間が言葉で生きている部分、言葉で納得したり、言葉で憤《いきどお》ったりしていることが多い部分、それこそが、自分が今、こうなっていることの原因の大きな一つではないかということをお話ししました。

第四回　詩人として——詩の言葉とは何か

「わかる」と「わからん」

今回は、詩について話をします。これまで、詩集を出したり、詩に関係するものを出したりしてきましたけど、詩の話をまとまってすることはなかったと思います。今回は、通説というか、「こういうものが詩だよ」と一般に思われていることとか、詩を専門にされる方が理解するものとはちょっと違っているかもしれませんけれど、あくまで、僕が詩というものをどう考えているかについて話そうと思います。

もういきなりですけど、「詩とは何か」ということを僕なりに考えたことがあるんですね。まず、人間の中には二つのものがある。その二つのものとは何かといったら、「理屈」と、それから「感情」である。それで、理屈ではなくて感情の働きを言葉にしたもの、これが詩だというふうに私は考えています。

「理」と書いて「ことわり」と読みますけど、「理とかことわりであれば詩にはならない」、私はこういうふうに考えます。それをもうちょっと詳しく説明するとどうなるかというと、世の中に「わかる」ってことがあると思うんです。それは「わかる、わかる」と共感するということと、あるいは「そういうことだ」と理解するということがあると思うんですけども、そのわかり方には、わかるということ、わからないということの種類が四つあると私は考えています。

詩とは「わからんけどわかる」もの

それで、一つめから四つめまで言っていきますけども、順番は別になくて、とにかくわかるということと、わからんということがあると。

まず、一つめは、「わかるからわかる」。「お前、なんで、それがわかるねん」と言われたときに、「いや、わかるから」と。これは、理屈で「なるほど」「ああ」とわかるわけです。「パンはな、小麦粉でできとんのや！」と言われたときに、「ああ、なるほど」とわかりますよね。わかるからわかる。このとき、それを聞いて、感情が動くかもしれないんですよ。「ああ、そうか。パンって小麦粉でできとったんか。すげえ」と心が動くかもしれないんです、知らないことを聞いたときに。「水が沸いとるやろう。沸騰するやろう。これはな、一〇〇℃や」と言うたときにわかるんですね。これはわかるからわかるんです。

俳句が、わりとそうですね。俳句は、なんか、わかるから、「ああ、わかる」となる。言われてみたら、「あ、ホンマやわ」みたいなのが俳句にはあるんです。たとえば、「五月雨《さみだれ》をあつめて早し最上川《もがみがわ》」。「あ、ホンマやわ。あれは川やと思っていたけど、雨降って流れてんねんな、雨が集まって、こんな急流になってんねんな。あ、わかる」と。さっきのパンやらなんやらではなくて、かなりレベルの高い「わかる」やけど、「わかるからわかる」というのはそういうことなんです。これは理屈の「わかる」ですね。

二つめ、これがね、僕は詩やと思うんです。「わからんけどわかる」。「あ、なんかわからんけど、わかるわ」という、なんでこれがそうなっているか全然わからんけどわかる。それは、感情で理解しているというか、感情的に同調しているんですね。「あ、わかる、わかる」。そのとき、理屈は存在するかもしれないし、意味も文脈も存在するかもしれないけど、感情が動いたあとに、それはもう考えようとは思わないんです。「このこと、理屈、どうなってんやろう」というふうには思わない。「五月雨をあつめて早し最上川」と言ったら、「なんやろう」と考えますよね。言われて、一瞬なんのこっちゃと、「五月雨？最上川？　え？　え？」となって、「あ、なるほど」とわかるんです。

でも、「なんやかや、なんやかんやで、なんやかや」と言われて、「え？」と思ったときに、「あ、なるほど」とは思わなくても、そのまま、乗りで同調しちゃう。たとえば洋楽で、英語がわからん人が英語の音楽を聴いているときに一生懸命聴いていると、「なんかわかる」というときがありますね。そこには、なんか、暴力的なものやったり、やさしいものやったり、気分みたいな、感情みたいなものがあるわけです。言っているのは英語だから、何を言っているかわからない。何を言っているかわからないけど、すごく心が動く。「この声聴いていたら、心が動くねん」みたいなことがあると思うんです。これが、「わからんけどわかる」ということだと思うんですね。

これまでにも何度かした話で言うと、前にパリに行ったんです。空港に着いた瞬間にもう一刻も早く帰りたいと、帰ることばかりを念願しながらパリに滞在したんですけど。なんでかといったら、何を言うてるかわからんからなんですけど、わからんけど、スーパーマーケットに行って、果物か何か買おうとしたんです。そうしたら、レジの人が、必死に何か言うてるわけです。でも、僕は、フランス語はわからんし、わかりたいとも思っていないから、何を言うてるかわからない。でも、そのときに、その人は必死に、つまり、感情で何かを言うてたわけです。僕も、必死でそれを聴こうとしていたわけです、その人を拒絶していたわけじゃないから。そうしたら、わかったんです。ひと言だけ、「ポジット」っていう言葉だけ聴きとれたんです。それが英語なのか、フランス語なのかわからへんけど、とにかく、しきりに指をさしているんです。「ああ、なるほど」と。それは彼女が、この果物は果物売場に秤《はかり》みたいなものがあるから、そこで個数なり重量なりを量って価格を確定してからレジに持ってきてくださいと言うてることがわかったんです。それが、英語の歌を聴いているときのように、「わからんけどわかる」です。そういうことが感情として前提となって、理屈はあとで付いてくるんやけど、必死になってわかろうとしたらそのときわかった。英語の歌も、一生懸命聴いていると、なんかわかる。

これはたとえば、作っている人にはそれなりの理屈があるかもしれませんけど、歌ですね。俳句と違って。短歌には、そういう感情みたいなものがないことはない気がします。「わかるからわかる」と「わからんけどわかる」。この二つめが、本当の詩というものだと僕は思うんです。

ところが、この「わかる」「わからない」で言うと、あと二つあるんですね、その一つに、「わかるけどわからん」というのがあるんです。理屈では納得できて理解できるけど、共感できない。これは、あまり説明しなくてもわかりますね。たしかに理屈で言われたらそうやけど、感情的には同調できない。一応言うと、たとえば小説なんかで、映画でもいいですけど、あまりにも登場人物がご都合主義的に、物語の都合に則《のっと》って合理的に、「とりあえずこうしておこう」という前提や、明示された作品内のルールに従って動きすぎるとき、そのルールの中でそうなるのはわかるけど、なんか納得がいかない。

あるとき、映画に出たんです。低予算の映画なんで、台本もまああ安直だったんですけど、俳優は、みんな一生懸命やります。話としては、別に破綻《はたん》なく成立している。それで、役者の人たちやら、演出している人たちやら、控え室みたいなものを用意されていたときに、その台詞を言う女優の人が楽屋に来て、吐き捨てるように、「こんな女、いねえよ」と。わりと、尽くすタイプの清楚な役だったんですよ。それはたぶん、わかるけどわからんもんが思わず漏れたんだと思うんですね。「わかるけどわからん」。作品の世界では確実に存在しているし、ルールの中では完璧に、合理的に成立している。でも、わからないというのがあると思うんですね。

それから、最後にもう一つあるのが、「わからんからわからん」。何を言うてるかわからない、だから、わからない。僕なんか、よく「お前の言うてること、わからない。なぜなら、わからないから」、そう言われてきました。昔、町蔵と呼ばれてましたが、一緒に音楽をやっている人に、「町蔵の言っていることはわかんねえんだよ」と、ずっと言われていました。それはなぜかというと、たぶん、僕がわけのわからんことを言うたからなんですよ。

ただ、僕にも言い分があって。ここから先はちょっと余談になりますけど、あまりにも文章的なことをしゃべったので、口語的な言葉の中だと何を言っているかわからない。前提があって、序論があって、本論があって、結論があるみたいな話をしたときに、会話の中ではそういう話はしませんから、途中でもう飽きられて、聞くのがいやになって、「お前の言っていることはわからない」と言われました。それは、今のとはちょっと違いますけど、とにかく、「わからんからわからん」。

でも、「わからんからわからん」は表現の中にもあって、一つ前の「わかるけどわからん」にちょっと似ているんです。昔よくありましたけど、前衛芸術、アバンギャルドなんかもう、抽象的なことをやっていて、全然わからへん。いきなり出てきて、「今日は冷蔵庫とセッションします」とか言って。マイクを立てて、ギターで「ギャーン」とかやって、「それはなんやの?」というような。今でも時折あるでしょう。それはどういうことかと訊いたら、たぶん、説明は文章にしてくれると思うんですけど、やっているときは観ていてわからない。つまり、前衛的なものとか、共通の美意識とか、その文脈を理解していればわかるんだけど、普通の人はまず知らんからわからない。難解なゲームのルールを知っているか、知っていないか。知っている人はわかるんだけど、知らない人はわからない。世の中の九九パーセントの人は知らない。それはたとえば、難解な思想や哲学の話をするときに、そこの中での、その業界でのルールに則って話をすれば楽しく話をできるんだけど、普通の人が聞いたら何を言うてるか全然わからない。あるいは、純文学とか、現代詩というのも、ある美意識とか、あるルールをわかっていない人にとっては、まったくわからない。それは、もしかしたら、「わかるけどわからん」というよりも、「わからんからわからん」ということころになっているのかもしれません。

なので、整理してみますと四つあります。「わかるからわかる」「わからんけどわかる」「わかるけどわからん」「わからんからわからん」。僕は最初に、詩とは何かと言ったら「感情の働きを言葉にしたもの」と言いましたけど、感情の中でもうちょっと詳しく言うと、「わからんけどわかる」、こういうものが詩というのではないかということです。

おもろい詩の四条件

じゃあ、さらにもう一歩話を進めまして、わからんけどわかるんやったら、なんでもええと、わからんけどわかるということだけを守ってといったら変な言い方ですけど、それだけを目指して言葉を紡いでいたら詩になるのかというと、それは、もしかしたらならないのかなというふうにも思います。つまり、詩っていうのは、わからんけどわかったらそれでええのかといったら、たぶんそうではなくて、その中に二つあるんですよ。「わからんけどわかる」の、感情の働きをもとにしたものがさらに二つある。それは何かと言ったら、おもろい詩とおもろない詩です。ええ詩とよくない詩と言っても別にいいんですけど、そう言うと何がええか悪いかという不毛な話になってきますが、要は、多くの人が見ておもろいか、おもろないか、この二つに分かれると思います。

ここに今いくつかの詩集を持ってきていますけど、一番上にあるのは、角川文庫の『中原中也全詩集』というやつです。これは、わからんけどわかるんですね。おもろいか、おもろないかといったら、おもろい部類に入るんで、だからみんなが読んで、「わからんけどわかる」「おもろいな」と言って読まれ続けているというふうに思うんです。

そういう中で、家の本棚をずっと見まして、「わからんけどわかる、けど、おもろないな」という詩集を持ってこようと思ったんです。でも、それには著者というものがいますから、それを持ってきてここで、「これがおもろない詩です」と言うのは、僕の主観でもありますし、あまりにもフェアじゃないということで持ってきませんでした。つまり、おもろい詩と、おもろない詩がある。

じゃあ、何がおもろくて、何がおもろくないか。「単に、好みじゃないの？　気分じゃないのか」と言われたら、そうかもしれないけど、一応の基準みたいなものがあるよという話をしたいと思います。

そこで考えたのが、おもろい詩の四条件というものです。一つは「感情」、詩というのは感情の働きを言葉にしたものだと言いましたけど、「一、感情の出し方がうまい」。当たり前の話なんですけど、これはおもろい詩の一つの条件です。つまり、その感情を誰にでも見えるものに託したりとか、たとえたりすると、同じ環境の中にいる人が同じものを見ているので感情が動きやすい。「なんやらかんやら、秋ぞさびしき」。秋はさびしいな。秋の空とか言ったら、みんな、ものに対して、共通のものを見ていますから感情が動きやすい。それがおもろい詩の一つ目の条件。これは書くための技術論じゃなくて、読んだときにおもろいと思うかどうかという話で、一緒といえば一緒ですけど、読むほうの立場をより重視していると読む人の心が入る。

それから「二、調べ」。調子で持っていく。つまり、音楽的である。音楽で言うと、メロディーやアレンジ、それから声の説得力、声がいいとかによって、実に陳腐なくだらない歌詞でも、猛烈に心が動くということがあります。

これは、名前は言いませんけど、ある日本のロックか何かわからんグループの何年か前にいただいたＣＤがあって。それは、詩がいいという触れ込みで、向こうからすれば、

「町田、お前、小説とか書いているのなら、この詩のよさがわかるやろう」と思ったんでしょうね。「聴いてみろ」と渡されたんですけど、「聴いてみろ」というのは失礼ですから、そのまま放置していて。でも、たまには、そんなもんを聴いてみようかと思って、聴く前に、「お前、なめとったらあかんぞ、こら」と。この俺を誰やと思っているんですかね。「俺に向かって詩がええと？　千年早いぞ」と思って、まず歌詞を見たんですよ、歌詞カードという立派なものが付いていたんで。そうしたら、もう、アホみたいな詩なんですよ。「恥ずかしない？」という詩やったんです。本当に、中学生がこれが文学だと思っているような。「お前、よう、こんなん、俺に持ってきたな。え？　老眼やわ、進んだわ」みたいな。ほんでもまあ、聴いてみるかと思って聴いたら、これが、よかったんですよ。字で見るとアホみたいなんです、本当に。でも、聴いたら感動して、「ああ……」となって。つまりそれは、「一、調べ」、調子で持っていってるからなんですね。

それから「三、そいつ自身がおもろい」。たとえば、種田山頭火《さんとうか》とか尾崎放哉《ほうさい》とか、その人の境遇が普通の人と違っているとか、あるいは、中原中也だったら、長谷川泰子のことで小林秀雄といろんなことがあったし、若死にでドラマチックで、その人自身も特異なキャラクターだし。人が芸術家を描くときは、わりと変な人に描く場合が多くて、小説や映画で誇張もあるでしょうけれども、そいつ自身が、普通の人とちょっと違っておもろいやつ。普通に学校を出て、大過なく定年まで会社に勤めて、子どもを学校にやってという人は、しゃべったらおもろいかもしれんけど、外形的には平凡な人生というか、うらやましい人生ですけど、そういうことよりも、波瀾万丈があったり、特異なキャラクターだったりして、そいつ自身がおもろい。あるいは、そんなことがなくても、話していて、つい引き込まれる人っていますよね。一対一で話していて、「この人の話、もっと聞いていたいな」「え？ そんな考え方があったんや」とか、ちょっとおもろいことを考えつくとか、知らぬ間にその人のまわりに人が集まってくる、そういう人も含まれると思うんですけど、「そいつ自身がおもろいやつ」というのがあると思います。

それから四つめは、「おもろい詩の四条件」でいうと邪道なんで、これが詩のよさではないということを予《あらかじ》め言っておきますけど、「四、詩の中に書かれている意味内容が正しかったり、役に立ったりする」。心のサプリメント的に、「これを読んだら、なんか、グッと気が楽になりました」とか、「涙があふれて自分の心が浄化された気になりました」とか、そういうのも含めて。あるいは、「こういうときにはこうしたらいい」とか、「人の一生は重荷を負いて遠き道を行くがごとし。急ぐべからず」みたいな人生訓が書いてあったら、「ああ、役に立ったわ」と思いますね。急いだらあかんねんな、ゆっくり行こうと。「早うせいと言われても、じっくり考えるとミスがあったわ、役に立ったわ。ちょっと立ち止まって考えよう」と。これも、さっきの俳句の話にも似てますが、おもろいといえば、おもろい一つの条件。以上が「おもろい詩の四条件」です。

詩をつまらなくする落とし穴

その上で、じゃあ「自分にとって詩とは何か」という、この話のまとめに入ります。僕は、詩に対しては、ずっと一貫して批判的というか、自分も歌詞を書いたりしていましたけど、そのときに「詩っておもろないな」と思っていたんです。詩というものは、なんで、こんなおもろないことばっかりずっと言っているのやと。それは今でも続いているんです。中には読んだらおもしろいと思うものもあるんですけど。

今回、おもろないサンプルを持ってこようかなと思ったときに、「おもろいな」というサンプルを探すほうが苦労したんです。「おもろないな」というのは山ほどあるんです。この間、本棚の整理をしまして、詩は詩で本棚の一角に集めて、けっこうあるんですけど、どれを抜いてもだいたいおもろない。だから苦労しないんですけど、さっき言ったような理由で持ってはきませんでした。

その始まりというのは高校生のときですね。高校生のときに同級生で詩が好きなやつがいて、詩を書いていたんです。「詩を書いたから見てくれ」と言うんで見たんですけど、全然おもろなかった。詩人でもなんでもない高校生の書いた詩がおもろいわけはなくて、当たり前の話ですね。言葉遣いとかは、むしろいろいろ工夫しているんですけど、「これやったら俺のほうがうまい」と思ってしまったんですね、言葉遣いだけ取り出してみて、それがおもろないということは、「おもろい詩の四条件」の一から四までの何も満たしていなかったことになります。「わからんけどわかる」という部分はちょっとあったんです。同じ高校生なんで、感覚を共有していますから。でも、「おもろい詩の四条件」は一つも満たしていなかった。感情の出し方も下手だったし、響きも調べも低かったし、そいつ自身もしょうもないし、正しくも、役にも立たなかった。「カスやんけ」と思ったんです。

でも、それでも詩を書きたいという気持ちが、どうも人間の中にはあるみたいで。そんなもんばかりじゃないだろうということで、詩を書いて。でも読むと、やっぱり、おもしろくなさがあるんです。そのおもしろくなさって何かといったら、詩にはですね、実は途轍もない落とし穴があるんです。その途轍もない落とし穴って何かというと、詩を書いているときに、わからんけどわかることを書くのは前提として、感情として、人に対して、なんか、重要なこと、重大なことを書かなあかんと考えるんですね。「さっき、パッと行ってや、パッと乗っちゃった、半蔵門線がすぐ来てな、めっちゃうれしかったわ」というのを詩にしてもあまり共感が得られない。「だからどうしたの?」という感じじゃないですか。「さっき、まったくなんにも期待していなかったけど、コンビニでパンを買うて食べたら、すごいうまかった」というのを詩にしても、「はあ?」となると思うんです。それをものすごいことにする技術は、実はあるし、それを本当はやらなきゃいけないんだけど、ほとんどの場合が、それをやる前に落とし穴にはまってしまう。つまり、「そんなことじゃなくて、もっと重大なことを言わなあかんねんな」というふうに思ってしまうわけです。

「俺にとって重大なことってなんやろう」と考える。実は、これが九割の詩がおもろない原因なんだろうと思うんです。人間にとって何が一番重大か。それは「俺が存在していることやんけ」と。自分の生と死、自分が生まれてここにあることと、その有機体である自分がいずれ死んで、形も、心も、体も、意識も全部なくなってしまうこと、それが人間にとっては、誰にとっても、途轍もないことなんです。

「あ、ここに途轍もないことがあるやんけ」と思ってしまうから、「あ、これを詩に書こう」と思って書く。そうすると、それが自分に対する、途轍もない拘泥《こうでい》を生んでしまうわけです。「私」「私」「私」「私」となってしまう。その「私」に凝り固まったのが詩人になり、「私」に対する途轍もない拘泥が詩なんです。しかも、やっていると、うまい人がいますから、「一、感情の出し方がうまい」と「二、調子で持っていく」の技術がどんどん発達して、「途轍もない私」をものすごく大仰に描いてしまうんです。でも、それは人から見たら、わりとどうでもええことなんです。なぜなら、それは自分のことでもあって、ありふれたことだから。別に途轍もないことでもなんでもないんだけど、それが途轍もないことのように錯覚してしまうから、それを書けば詩になると思っている。それが詩人の大きな錯覚、落とし穴なんです。これを回避すれば、おもしろくなるんですけど、だいたいがその穴にはまってしまう。

プロの詩が存在しているかどうかは別として、玄人《くろうと》の詩人が、うまければうまいほど大仰になって詩が濃くなっていく。「自分というものの生と死は途轍もない事件、だからここに途轍もないことが起こっている、それを書けばいい」。そのことにどんどん拘泥していって、技術がうまくなって、大仰な詩になる、これがつまらない。私にとっての詩というのは、概《おおむ》ねそういうことなんですね。

そこに、実は「おもろい詩の四条件」の四、意味内容が正しかったり、役に立つというのが絡んできて、これがおもしろくなさをごまかす役割を果たしてきた。それは、たとえば、ロックバンドの空疎な歌詞と同じで、それふうの立場を取るポーズを見せれば、それらしく見えるというコスプレができるということです。

私が詩というものをどのように考えているかといったら、概ねそのように考えています。自分はまず、「おもろい詩の四条件」の一から四を、どれも技術的にうまくなろうと思ってもいないし、それから、自分に対する途轍もない拘泥も外して書こうと思っているんで、読んだ方はわかると思いますけど、私の詩はあの感じの、アホみたいな詩になっていると。そのアホみたいな詩を最後に一つ読んで、この回を終わりにしたいと思います。

洞穴を通り抜け浜を駆くる

「今年の正月は借着でいこ、借着で」

空の財布を眺めて悲しげな妻に

ことさら陽気に話しかける

いくら安易な仕事だとはいえ
簡単に済ましてしまっては駄目だ
何テイクでもがんばるのだ

グライダーが空を引き裂く
「私は長葱《ながねぎ》が好きなのだからね」
新しく来た女中に説明する

大量の布団を荷台に積み込むのは困難なこと
それも梱包《こんぽう》していないやつだ
荷台に乗って無理に押し込んだ布団を支え
私は相棒に目で合図をして
「やっ」などと言いながら飛び降りた

やつが素早く扉を閉めると思ったからだ
やつは何もせずただ立っていた
そして布団がバラバラ地面にこぼれ落ちて
やつはアホを見る目で私を見て言った
「何やっとんだ、おまえ」

休まずにごんせや　まがごとを払え
休まずにごんせや　つみけがれを払え
土間で猿を抱き締めて
茶漬けを与えても食わぬのだ
休まずにごんせや　休まずにごんせや　（「グライダー」）

第五回　小説家の誕生——独自の文体を作ったもの

文体はその人の意志である

じゃあ、次に行きますかね。前回は詩人としての話で、今度は小説家として自作を語る。これは、「文体」と「笑い」という二つのパートに分かれていまして、第五回が「文体」の話になります。

文体については、話しておかなあかんなというのが一つあります。最近は、文体の時代ではないのかなという気がしていて。いろんな最近の小説を読んでいると、文体を工夫するというか、文体自体にあまり特色はなく、みんなが了解する意味で、ニュートラルな言葉遣いをして、むしろ、ストーリーやその意味内容で読ませるものが多いのかなと。自分の文体について言うと、そういうものではなくて、文体そのものに表現の工夫をけっこうしているつもりではありますし、そこのところを、自分としては一つの読んでほしいところだなと思っています。

それがどういうものかということの説明は、いろんな方面からできると思うんですけど、まず最近の、ニュートラルといいますか、透明な文章で書くのに読み慣れている人からすると、僕の文体について、「癖《くせ》がある」と言う人がいます。癖が強いとか、癖がある。これが、評価としては正しくないんじゃないかなと、僕は自分で思います。なぜなら、癖というのは、「なくて七癖、あって四十八癖」と言いますけど、人それぞれ癖があると思うんですね。その人がやろうと思わない、たとえば、ものを言うときに、なんか傾く癖がある人がいたときに、その人は、「やっちゃおう」と思ってやっているわけじゃなくて、自然になってしまうわけです。で、「お前はあれやな、ものを言うときに右に傾くなあ」「え？」「ずっと言うの我慢しとってんけど、右に傾くなあ」「え？」っていうのが癖です。だから、「お前、文体に癖があるよね」というのは、違うんです。わかっているんです。傾いたほうがおもろいと思って傾いているんです。

僕はときどき、ライブ演奏をやるんですけど、そのときに、観に来てくださった方はわかっていると思うんですけど、ときどき傾くんですね、こうして。これが癖なんですよ。別に傾いたほうが男前に見えるとか、そんなふうに思っていないんです。一生懸命声を出すと、顔とか忘れているから、顔が「があ」ってなるのは、別にそうしたほうがカッコええと思ってやっているんじゃなくて、それが癖なんですね。顔については、自分でコントロールできていない。声の出し方とか、大きさとか、そういうろんな、声の出し方、喉の使い方に関しては下手なりにコントロールしているけど、顔は許して、ってなってしまう。楽器をやる人でもそうですよね。なんか、頭振ったりして、身体が大きく動く人がいますね。あれは別にそうやろうと思ってやっているのでなくて、本当に気持ちが入るとそうなってしまう。それが弾くときの癖で、自分では直らない。

文体はどうかといったら、今、声の話をしましたけど、声と同じように、これがカッコええなというのはもちろんあります。それから、このほうが伝わるなというのもありますす。その二つですかね。カッコええなというのと伝わるのと、この二つのように「自分でコントロールしている」という意味では、歌っているときの顔のような癖ではなくて、細かいところまでコントロールして、それが最も効果的だろうと思ってやっているということです。だから僕だって、それがもし癖だったら、人にビジネスでメールを送るときも、「ギャー」とは言わんけど、そういう作品の文体で書いていることになりますけど、そのときはビジネス的な文体で書いていますし、普通の文体で書くことも、それはもちろんできます。たとえば、「大江健三郎さん風の文章を書いてください」「筒井康隆さん風の文章を書いてください」と言われたら、それで一本小説を書くことはできないけれども、短い文章を真似して書くことはできます。平野啓一郎さんの真似もできます。それは、なぜならコントロールしているからということなんです。

「文体とは何か」といったら、まあ、声をコントロールしているようなものと同じように、それがカッコええ文章として書く。それから、そのほうが内容が伝わる。その場面の空気感とか、人物の性格とか、そのとき思っていたことが伝わりやすい、そこでやろうとしていることを最大限に伝えるために文体というのがあるということです。だから、内容によって文体は変えていますよという話です。

でも、声の話をしましたけど、「声ってなんやねん」というときに、声はもう変えられませんよね。コントロールしているとはいっても限界がありますね。つまり、これ以上高い音は、低い音はどうしても出ないというのはありますし、声の質というのもあります。すごくいい声だったりとか、いい発声だったりとか、魅力的な声だったりとか、その人の声の特色が人によって違いますね。じゃあ、声という限り、自分では作れない、持って生まれたものなのかというと、限界はあるけれど、声も喉の使い方によっていろんな声ができますよと。それと同じように、文体というのも、いろんなふうに直すことができると僕は思います。つまり、文体を自分で意志して作ることができるのかどうかといったら、これはできるというか、その意志そのもの、「このような文章を書こう」という意志そのものが文体であると。文体とはその人の意志であるというふうに言うこともできると思います。

核心は「配合」にあり

その組み合わせはほぼ無限でありまして、ファッションにおいてカッコよさを表現するために、あえてカッコ悪い要素を一部入れて、全体的にはカッコいいものを作るのと同じように、文章だって、カッコいい文章をつくろうと思うと、一部にカッコ悪い表現を入れて、全体としてカッコいい文章を作ることもできる。

だから、時折、ある一つのトーンで埋め尽くされて、本人は「カッコいいな」と思ってんやろうなという文章ってありますね。「恥ずっ！」みたいな。それは仕事でもあると思うんですけど、カッコよさだけで塗り固めていると、やっぱり、響きがない。音でもそうですね。豊かな響きを出そうとすると、多少のノイジーな要素を入れておいたほうがいい。あるいは何か嘘の物事を本当らしく見せようと思ったとき、あまりに見せたいものだけを出していると、それが嘘に見える。「こんなことがあったんですよ」というフィクションを作るとき、たとえば、道で人と人が出会って、片方の人が突然刀でもう片方の人を斬ったというのを本当のことのように見せたかったら、それは道を作りますよね。「刀で斬ったところを見せたいねん」と言って、道も作らずに刀で斬る人と斬られる人だけを映して、「ほら、刀で斬っている人がいる」と言ったら、「これは嘘や」と思います。だから、スタジオの中を道らしくしたり、実際の道でロケして撮影したりします。本当に必要で見せたかったのは、刀で人を斬る場面だけど、電柱を立てたり、関係のない通行人を出したりすることで、本当らしく見せる。つまり、ノイズを入れる。おもろない文体というのは、純粋な要素で成り立っていれば成り立っているほど、おもろないとも言えるんです。

だから僕は、言葉に対する信用性ってなんなのだろうと思うんです。たとえば、小説を書きました、そんなに長い小説ではないです、原稿用紙三十枚か四十枚の小説を書きました。そのときに、いろんな漢字を使っていました。「そのとき、彼はこう言った」という短い文章だとしたら、「とき」を漢字で「時」と書くこともできますし、平仮名で「とき」と書くこともできます。「そのことは、彼は知らん」というときも「こと」を漢字で「事」とできるし、平仮名で「こと」ともできる。あるいは、人称に関して、「僕はそう思った」「私はそう思った」「俺はそう思った」と書くこともできますね。短い小説の中でそんなふうにしていいたら、だいたいは言葉の信用性がなくなります。そんなバラバラにしていたら、読んでいる人に、「この人、大丈夫?」となるわけです。でも、さっきの詩の話のときもそうですけど、そのときにそうだったらそれでいいじゃないかと思うんです、そのシーンに沿っていれば。なのに、「こういうことですよ」という言葉の信用性を作らないと、この世界そのものが信用されないでしょうといって形を作って、純粋なものでこの世界を構成しようとすると、とたんに嘘くさくなる気がするんです。だから、それをわざと散らばらせてグチャグチャにする。

今、ものすごくわかりやすい例で言いましたけど、それをたとえば、もうちょっと範囲の広いことで統一感をなくして、わざと個別化してみるとか、言葉に方言を混ぜるとか。方言を混ぜることによってノイジーな要素が出たり、そこにある文体を構成しうる要素を入れて、それを配合することによって、そこに何か伝わる要素が出るというようなやり方をやっています。それが自分の文体の正体というか、一番核心なところだと思います。

でも、そのときにただ散らばらせればいいのかというと、そうではなくて、それなりの作業を自分ではやっていて。どんな作業をやっているのかというと、まずは配合、ブレンド具合。つまり、どういうバランスで流すかということです。そういうのを入れた理由というのは、DJ的な文化、クラブカルチャー的な文化かもしれないんですけど、僕はあまりそういう文化に詳しくないんで、おそらく推測ですけど、あの人たちは、どういう順番でどういう音を流すかということを非常に重視しているのではないかと。どういう速度のものを、どのタイミングで流すか、この速度とこの速度をここでというふうに。それが配合具合です。

あるいは、僕がもうちょっと自分でわかっていることで言うと、スタジオに行っていろんな音を録音します。たくさんの音を録音して、それには、たくさんの音が同時に入っているわけだけれど、それを一つにまとめる。まとめるときは、たくさん入っているものを一つにまとめるわけだから、当然、こっちは小さく、こっちは大きく、こっちは中ぐらいにと、バランスを取って一番よく響くように音を整えて出して、落として、固定するわけです。だから、その段階では、どうとでもミックスできるんだけれど、最終的にはこういうバランスでミックスしますと。たくさんの音を録るというのは、たくさんの要素を言葉の中に散らかすことで、最終的には心地よく響くようにミックスする。音のたとえで言っていますけれども、それは、心地よく意味が伝わるようにということでもあるし、もしかしたら、パッと本を見たときに、この字の並びが好きだなと、そういうように見えるようにということも、もしかしたらあるのかもしれないですけど、そんなふうにいろんなことを考えて配合するんです。

頭の中に流れる言語的クリック

それから、もう一つあるのはリズムですね。リズムというのはどういうことかというと、そうやって散らばっているんだけど、これはもう、直感としか言いようがないのですけど、音読するしないにかかわらず、その文章を読んだときに、そうですね、たとえば、ここに萩原朔太郎《さくたろう》の詩集があるんですけど、中也でもいいんですけど、朔太郎が漢文調の言葉遣いをしている詩なんかだと、やっぱり漢文のリズムをうまく取り入れて、非常に耳に心地よいリズムをつくっている。これは詩の話ですけど。

ここに道路の新開せるは
直《ちょく》として市街に通ずるならん。
われこの新道の交路に立てど
さびしき四方《よも》の地平をきはめず
暗鬱なる日かな
天日家並の軒に低くして
林の雑木まばらに伐られたり。

いかんぞ　いかんぞ思惟をかへさん
われの叛きて行かざる道に
新しき樹木みな伐られたり。（「小出新道」）

リズムがありますよね。漢文的なリズムですけど、こういう調子のよさというのも、これを意識しているわけじゃないですけど、いろんな言葉のリズムですね。俳句とか、日本の短詩系のリズムとか、いろんな調子や調べがありますけれど、そういうものを常に頭の中で鳴らしながら、というか、たぶん、ガイドとして鳴っていると思います。

ガイドというのは、昔はドンカマ（ドンカマチック）と言ったんですが、今はクリックと言います。「ペットットット、ペットットット」と、これが情け容赦なくずっと鳴っているんです。だから、ライブなんかに行ったら、いろんな音楽、映像とか、コンピューターで出てくる音にシンクロして、生の人が演奏するときは、ああいうのを聴いて、よう気が狂わへんなと。でも、ちゃんとテンポの中でやるというのはそういうことですね。そのちゃんとしたテンポというのはクリックが鳴っているのやけど、たぶん、僕の頭の中には言語的なクリックがずっと鳴っているんです。その言語的なクリックに合わせて言葉を換えていくから、どうしてもリズム的なんです。

その言語的なクリックになっているのはなぜかと言われると、それはわかりません。たぶん、さっきの詩とか、短詩系とか、第一回のときに話をしましたけど、そういうものが関係していると思うんです。

こういう話は、なんか自慢みたいで、いやなんですね。今までもけっこう、「なんなんですか、その文体は」と人に訊かれて、「なんでそんなこと、言わなあかんのや。新刊のインタビューしているんだから、新刊の話せえよ」とか思うんですが、「放っといてくれ」みたいなものですけど。この際、まとめてお話ししますけど、けっして、「あいつは自慢しとる」とは思わないでください。説明しているだけで、別に誇っているわけじゃないですから、ご容赦願いたいと思います。

自分が「カッコええ」と思うこと

じゃあ、それをどうやってミックスしているのか、どうやって配合しているのか。リズムは、頭の中に言語的クリックが鳴っているということで「わかりました」ということになるかもしれんけど、じゃあ、配合の部分は、どんな感じでミックスしているんですかというふうに訊かれる。さっきの詩の話もそうですけど、なんか、技術のコツとかあるんですか、それとも違うものですか、言葉をどうやって鳴らすんですか、共通のコードみたいなのがあってそれを使うんですか。「文字を鳴らすってどういうことなんですか。それはテクニックなんですか」みたいな話になると思うんです。

これは、説明しようとすると、うまく説明のつかないものだと思うんですけど、結局、最終的にはですね、その文章を書く人がどんなものを心地よく感じるか、どんな文章がカッコええと感じるか、これにかかってくると思うんですね。

私はですね、いつも訊かれることがあるんですよ。「文章うまくなりたいんですけど、小説を書きたいんですけど、そのためにストーリーとか、おもろいストーリーを考えるのは、どうやったらいいんですか」と。「文章全体うまくなりますか」と訊かれたときに、いつも答えようとすると、だいたい先回りして、「本を読む以外にどうするんですか」と言うので、「それを言おうと思うとった」と。「文章がうまくなろうと思ったら、本を読む以外には何もない。それ以外はない」と言うと、「それだけは死んでもやりたくないんです。何があっても、本だけは、どんなことがあっても絶対に読みたくないです、本だけは」と言われるんですが、でも、駄目なんです、それしかないんです、本当に。そう言うと、「またあ、ケチ」と。いや、ケチじゃなくて、本当にそれしかないんです。そうしたら、「石牟礼道子は本を読まなかったと渡辺京二が書いてます」と言うから、そんな特殊な、世界に一人みたいな例を出さんといてくれと。そうでなくて。何がカッコええかというと、そういうことなんです。

つまり、音楽でたとえると、演歌も聴いているし、民謡も聴いているし、ロックも、ジャズも、クラシックも、民族音楽も全部聴いた上で、その一個ずつを知識的に知っているんじゃなくて、自分の体に飛び込んで楽しんで聴けている人が、「これ、いいよね」と言うのと、一個のもの、その歌、そのバンド、その友達しか聴いていないやつが、「これ、いいよね」と言うのとは違いますよね。「いいよね」と言ったときの選択したものから落ちた数が違いますよね。

あるいは、もっと感覚的なことで言うと、五百円のワインを飲んだこともあるし、十万円のワインも飲んだことがある人が、千円のワインを飲んで、「これ、おいしいね」と言うのと、五百円のワインしか飲んだことがない人が千円のワインを飲んで、「これ、おいしいね」と言うのとでは違いますよね。

そういうふうに、何をカッコええかと思うかとか、主観やから、「俺、これ、好きやねん」と、わりと簡単に言いますけど、「俺、これ、カッコええと思う」と言うのは簡単なように見えて、実は、本当はすごく恐ろしくて、すごく難しいことなんだよというのが一つあると思います。だから、「これ、ええねん」とかいうのは、自分はいったい何をもって「ええ」と言うのか、お前の感覚はどれほど研ぎ澄まされた感覚なのかというのは、常に自分に問うていないと、「自分は、これはカッコええと思う」と言えないと思うんですけど、その審査を経た上で、その人が何をカッコええと思っているかということが、その配合のコツだと思うんですね。だから、「俺は――」と顔からして何を言おうとしているかわかるアホなやつがおって、「俺は、自分がカッコええと思うことを信じてやり続けるだけやねん」と言うているやつがおったとしたら、「あかんで」と、「もうちょっと疑ったほうがいい。ちょっと自分と自分のセンスを信じすぎやで、君」と。もうちょっと、自分がカッコええと思っているもんを疑ったほうがいいというのはあると思います。

文体チェック三つのポイント

最後に、自分が文体でチェックしているポイントというのは、わりと簡単なことですけど、三つありまして。一つは、自動的な、オートマチックな言葉遣いになっていないか。

とはいえども、しょっちゅう聞いたりしている言葉は自然にパッと使ったりしてしまいますから、たとえば、マスコミとかで大量に流布している言い回しとか、そんなものを自分がオートマチックに使っていないか。これは、玄人の小説なんかを読んでいても、「あ、ちょっとここは油断してオートマチックな言葉を使っているね」とわかります。それは徹底的に排除する。

ということは、イコール二番目ですけども、それは、ひたすら新奇な言葉を求めるんじゃなくて、古さもあって、自分がその言葉をどこまで本当に理解して使っているか。オートマチックに使っているということは、耳から入ったその言葉を表面上通過して、そのまま加工せずに出しているということですから、文章の自動の点検をせずに、なんなのかわからずに言葉を自動的に使っているということです。言葉には背景、バックグラウンドがあって、その言葉一つには、歴史上のことも含めて、多くの人やモノやコト、そういうものが関わっている。その経緯を知らないで簡単に言葉を使うと、それはまるで、あまりよく知らない外国語で文章を書いているようになってしまう。自分が言語を支配するんじゃなくて、その言葉の景色の一端に繋がること、自分こそがむしろ、その言葉によって照らされている景色の一つであるということを意識すれば、オートマチックな言葉遣いを避けることができる。

それから三番目は、オリジナリティに拘泥しないことです。自分の色を出してやろうとか、自分の文章を書いてやろう、俺の文体をつくってやろうということじゃなくて、誰かに憑依《ひょうい》されることを恐れない。何かの文章を読んだら感激して移ったりすることがありますけど、自分が書いている小説は、それによって浸食されて違うものになってしまうし、作品世界も壊れてしまうから、憑依されることを避けるために、創作中は読みませんみたいなことはせず、憑依を恐れない。それから、真似を恐れない。それは盗作するということでなくて、その人の影響を受けることを恐れない。オリジナルなどという傲慢《ごうまん》なことを考えない。

以上の三つが、僕が具体的に実践を心がけているものということで、小説家として、文体についての話はここまでにしたいと思います。

第六回　創作の背景——短編小説集『浄土』をめぐって

やりたいことは「笑い」

今回は、自作を語るということで『浄土』の話をします。七編が入っている短編小説集で『浄土』と言うんですけど、これは、「笑い」ですね。私が「笑い」というものをどういうふうに考えているかということを話します。

笑いというのは、自分にとってとても重要なもので、自分が、「お前、何、やっとんねん?」と聞かれたとき、つまり、「あなたは小説家として、あるいは表現者として、いったい何をやっているんですか?」と訊かれたら、「笑いです」と言うと思います。とにかく笑いをやりたい。もっとほかの言い方はないのかと考えるんですけど、やっぱり、笑いをやりたい。「じゃあ、なんでそこまで笑いをやりたいんですか。なんなんですか、それは?」と言われたら、この問いに対する答えは、いったん措《お》いて、あとで話させてもらいたいと思います。

ストーリーか、それともギャグか

子どものときの話をちょっとしたいんですね。僕が子どものときというよりも、世の中全体の話ですけど、なんでも二つに分けるという考え方がありますね。二つの代表的なものに分けて、どっちが好きですかと。トラとライオンと、どっちが好きですかとか。最近のはよく知りませんけど、昔のたとえで言うと、巨人と阪神と、どっちが好きですかとか。あとは、落語で言うたら、志《し》ん生《しょう》と文楽《ぶんらく》と、どっちが好きですかとか。上方落語で言うたら、米朝と松鶴《しょうかく》と、どっちが好きですかとか。昔のロックで言うたら、ビートルズとストーンズと、どっちが好きですかとか。なんとか派とか言いますね。「俺は、ビートルズが好きやねん」「俺は、ストーンズが好きやねん」と言って、中学生が論争して、お互いに悪口とか言ってケンカしたりして、そういうのがあります。なんでも二つに分ける。コーヒーが好きですか、紅茶が好きですか。「俺は、コーヒーが好きや」「俺は、紅茶が好きや」。わかりますよね。もっと言いたいねんけど、これ以上重ねません。

子どものときの話に戻るんですけど、ものすごく好きやったものの一つにマンガがあったんです。少年マンガ。その頃は全盛期というか、今でも名作とされているマンガは、たぶん、ほとんど連載中に読んでいた気がするんですね。皆さんは、世代がそれぞれで、「そんなの、知らん」という若い人がいるかもしれませんけど、『タイガーマスク』とか、『巨人の星』とか、『あしたのジョー』とか、『天才バカボン』とか、そういう、名作と言われているものは、少年マンガ雑誌に連載されていました。それが小学校ぐらいのときです。それで、四つ下の妹がおりましたから少女マンガも読んでいたんですね。妹が「なかよし」とか「少女フレンド」とか、そんなのを読んでいましたから、『キャンディ・キャンディ』なんかも読んでいました。連載ではじめて、単行本だったのかな、忘れましたけど、『風と木の詩《うた》』というのを最初に読んだとき、「なんじゃ、こりゃ」と思いましたね。「ジルベール！」とか言って、それこそ、もう一般化しましたけど、あの頃ですから、四十年以上も前ですからね、「ええっ?」と思いましたけどね。それは措いておいて。

そういう時代でしたから、マンガがすごい好きやったんですね。その頃言われたのが、二つに分ける、トラとライオンとか、巨人と阪神とか、それで言うと、ギャグマンガとストーリーマンガというのがあったんですよ。子どもですし、つくっているのはプロですし、しかも人気連載マンガですから、もちろん、どっちもおもしろくて、夢中になって読んでいたんですけど、じゃあ、いざ、「お前、ホンマはどっちが好きや?」と言われたら、圧倒的にギャグマンガが好きやったんです。なんでかわからんけど、その頃からギャグというものが好きでした。

だから、これは、僕は直接は知らなくて、本でのちに読んだんですけど、大阪の喜劇で曾我廼家《そがのや》兄弟劇というのがあって。吉本新喜劇よりずっと前の、その原型になった大阪の笑いというか、歌舞伎のパロディみたいな芝居で、仇討《あだう》ちで有名な曾我兄弟にちなんで、曾我廼家五郎と曾我廼家十郎としたんですけど、芝居観の違いから分裂するんです。それで、詳しいことは忘れましたけど、ウエットで、人情中心に展開した五郎劇と、乾いた、ちょっとブラックでシュールなギャグ、外国で言うとマルクス兄弟のような笑いを展開した十郎劇に分かれたら、やっぱり、ウエットで人情のあるほうが、圧倒的に人気があったらしいんです。でも僕は、子どものときからそういう笑い、ギャグがなんか好きで。自分の生まれ持ったものではないと思うけれども、大阪の当時のテレビやラジオがそんなものばっかりたくさんやっていて、それを子どものときに大量に見て聴いていたというのがもしかしたらあるのかもしれませんけど、とにかくギャグが好きだった。

たとえば、さっき、吉本新喜劇と言いましたけど、ストーリー重視の、本当の歌舞伎ですとか、骨格がきっちりして人情的な松竹新喜劇よりは、もっとドタバタ喜劇のほうが好きだった。それから、上方落語と江戸落語がありますけど、ご存じのように江戸落語というのは、ストーリーを聴いてもらえば笑いはそんなになくていいみたいなところがありますけど、ウケたら何でもええ、おもろいものやらなあかんでという前提の上方落語だったら、上方落語が好きでした。こういうことがあります。

じゃあ、それをどういうふうに深く考えていったらいいのかなと思ったら、「ギャグ」を安易に検索すると、本来の英語の意味は「猿轡《さるぐつわ》」とかそういうもので、人を笑わせるというのとはまたちょっと違うみたいです。だから、大阪の芸界やテレビとかの楽屋で言っていたのが一般化したのかなと思いますけど、それを日本語で言うと、「くすぐり」ですね。それも芸界の言葉かもしれませんけど、本筋のストーリーとは関係ないくすぐり、ちょっとした余談というか、聴いている人をくすぐって笑わせる。本来であれば、普通に演劇をやっていたら、そのまま淡々と話が進んでいくんだけど、そこで客をくすぐって笑わせる、たぶん、相当無理矢理に。ストーリーというのは、普通の人情ですから、無理矢理におもしろいこととか滑稽なことをやって、即座にその場で笑わせるんじゃなくて、筋道、因果の中で時を流していくことで、人間の自然な感情に沿わしていく。先の「わかる・わからん」の言い方だと、「わからんけどわかる」「わかるけどわからん」、そのどっちかは別として「わかる」という類いのものだと思うんです。

でも、「くすぐる」というのは、実際に物理的にくすぐるわけじゃなくて、何か言って笑わせるわけですから、そこには、なんか、あるでしょう。「なんで笑うねん」という、笑いの本質、それはあるでしょう。たとえば桂枝雀《しじゃく》という人は、これもいろんな人が言って普通の言葉になりましたから、みんなが知っていると思いますけど、「笑いとは緊張の緩和である」と言いましたね。夏目漱石の『吾輩は猫である』という小説は、最初から、なんか、おもしろい。別に、そんなにおもしろいことを言っていないのに、なんか、おもしろい。それは桂枝雀ふうに言うと「緊張の緩和」だと。つまり、言っていることは、漢詩を引用したり、語り口調自体も漢文訛《なま》りというか、気むずかしい文豪みたいなことを言うている、緊張しているわけです。でも、それを言っているのは、「なんや、猫やねん」と。だから、ものすごい難しいことで緊張して、猫が言うていることだとわかって、みんながホッとして笑う。これが、桂枝雀の言う「緊張の緩和」なんですね。

建前から解放する『本音街』

もちろん、違う言い方もできると思うんです。笑いとは何かなというときに、「緩和」だけでなく「安心」、ホッとするとか、あるいは、緊張するとき、「ヤバッ」と思いながら、そのヤバさをごまかすために笑うときがありますね。「もう、笑うしかない」と。この両方が合わさったもの、そういう気もします。

それはどういうことかといったら、『浄土』の中に『本音街』という短編が入っていて、これは思いついて書いたんですけど、「本音街」というのは、そこに行くと、どの人も本音しか言っていない。ある男が、「ちょっと疲れたから本音街でも行くかな」というときがあって、本音街に行く、その街の様子を書いた話です。僕らは普通に、建前や常識に縛られて生きていますよね。「こういうことを言うたらおかしなやつだと思われるから言わないでおこう」とか「こう言ったら怒られるから言わないでおこう」とか、あるいは、「仕事の出世ルートから外されるから、こんなことを言うのはやめよう」とか。それ自体は、世の中ってもともとそんなところだから、ちょっと行きすぎの感はあるかもしれないですけど、何も批判する気はないんです。ただ、それを外して言うと、「ああ、よう言うてくれた」とか、「あんなことを言っているよ」というような笑いが生まれるといいかなと思ったんですね。つまり、建前や常識から、何か滑稽な、特殊な人が出てきて、そのことに解放された瞬間、人は笑う。

たとえば、本音街に行く。行ったらビルがあって、三階に「カフェ」と書いた看板が出ている。建物も静かで、とてもいい感じなので行こうかなと。でも、ちょっとおしゃれな感じの店なんで、気後れする。「俺、あんまりおしゃれなところへ行かないし、服もちょっとダサくてイマイチだし、ああいうところへ行ったら気後れするな。あ、そうか、大丈夫、ここは本音街や」ということで、まったく気にする必要はないので、どんどん入っていく。

入って右手に帳場のようなところがあり、その先に小さなバーのようになっているところがあったが誰もいないのはまだ時間が早いからだろう、正面のエレベーターのところまでそそくさ行って、ボタンを押して待っていると、扉が開いてなかから女が降りてきた。

いい女だった。スタイルがよく顔がよくセンスがよく頭がよさそうだった。

ボタンを押して女が出るのを待っていると女がこっちを見て、「ありがとう」と言って笑ったので、「あなたはいい女だと思った。交際したいと思った」と本音を言おうと思ったのにへどもどして言えないでいると、女は立ち止まって私の顔をじっと見た。

「あなたと交際したい」と言うのか、或はことによると、ここは本音街、ずばり「あなたとセックスしたい」と言うのかとふるふるしていたら女は言った。

「いまエレベーターのなかで屁をこいたので臭いですよ」

私は本音街のこういうところが好きだ。

こういう、絶対に言わないことを言うと、今笑うてくれたお客さんがおられましたけど、ちょっとおもしろい、というような。本音、つまり、常識や建前からの解放ですね。

兄ちゃんがやってきて、「コーヒーを飲んだらどうですか」と言うので、「飲みます」と答えた。兄ちゃんはさらに、「ケーキを食べたらどうですか」と言った。

「なんで食べて欲しいのですか」

「お客がたくさん来ると思って張りきってたくさん作ったのですが、ぜんぜんお客が来ないのです。売れ残ったら捨てることになって銭を損するので少しでも売りたいのです」と兄ちゃんは情けない顔をした。食べてやろうかと思って聞いた。

「そのケーキはうまいのですか」

「まずいです」

「なんで、まずいのですか」

「僕は正式にケーキ作りを習ったことがなく我流で無茶苦茶してますし、材料もいいものを使うと銭が儲からないので粗悪品を使っているからです」

「僕はまずいケーキは食べたくありません」

「だったらしょうがないですね。別のアホなお客に売ります」

　こういう会話が本音街ではなされる。本音が解放されると、なんか、おもしろいですよね。もう一つ、別のところを読みましょうか。


　上衣のあちこちにぶんぶんに膨らんだ革や布の袋を結びつけ千成瓢箪《せんなりびょうたん》のようになっている若い男と軍服を着た若い女が往来で議論をしていた。女が言った。

「少し気になっていることがあります」

「なんですか」

「あなたのその袋なんなのですか。見苦しいしださいです」

「鞄を持つのが煩わしいので必要な物を小分けにしてぶら下げているのです」

「その方が煩わしいですよ」

　気に入っている千成瓢箪を女にけなされて腹を立てた男は、ふざけたことをはじめた。

その場でくるくる回転し始めたのである。回転が激しくなると袋が遠心力で空中に持ち上がって女の身体にぶつかった。

しかし布や革でできている袋なのでたいして痛くもないらしく、女はぽかんとしている。男は、「どうです、どうです。上杉謙信、車がかりの兵法です」と言って激しく回転し、ことさら女に袋をぶつけていたがやがて、「頭がぐらぐらします」と言ってその場にへたりこんだ。

女はへたりこんだ男を黙って見おろしていたが、やがて、「さよなら」とだけ言って立ち去りかけた。男は女の足に取りすがって言った。

「さよならというのはどういうことですか」

「もうあなたと別れるということです」

「なぜですか。僕は少しふざけただけです。別れないでください」

「いえ、私はあなたと別れます。なぜならあなたが途轍もない馬鹿だとわかったからです。私はあなたのことがほとほと嫌になりました。足は臭いし、チンポが臭いくせにフェラチオしろと言うし」

「わかりました。足とチンポも洗います。だから別れないでください」

「一日何回洗うのですか」

「足が一回、チンポが二回でどうでしょうか」

「やはり別れます。フェラチオ自体が面倒くさいのです」

「ではフェラチオは我慢します。その際、チンポは洗わなくていいですよね」

「別れます。そういう交渉をしてくること自体、腹が立ちます」

「では。フェラチオ無しでチンポも足も洗いますよ」

「そういう問題ではないのです。考えてみればあなたは経済力もないし将来性もないし、この先つきあってもなんのよいこともないでしょう。だから私はあなたと別れます。さようなら」と言い捨てて女は足を振り、男の手を振り払って歩み去った。

男はそれを追おうと立ちあがったが、「ああ、まだ頭がくらくらする」と言って歩道にうずくまった。


みたいなことなんですけど。ここは、ちょっと気に入っていて、すみません。前に、山田詠美さんと奥泉光さんと、江國香織さんもいらしたかな、西荻窪のジャズバーで朗読会をしたとき、これを読んだんですよ。途中で、自分で笑って読めなくなって、人生最大の舞台上の失敗をしてしまいまして。今も、ちょっと笑いそうになりましたけど、耐えました。

つまり、別れるとしても、こんなことを言いませんよね。もうちょっときれいごとで言いますよね、男のほうも。これを言うってことは、人間の感受性を建前や常識から解放することに繋がっていくと思うんです。そういう意味で、僕は圧倒的に、ギャグのほうが、くすぐり笑いのほうが好きなんです。人間のそもそもの感受性は、頭の中では、たぶん、こういうことを考えていると思うんです。でも、こんなバカなこと、とても人には言えない。まして、自分が付き合っている人には言えない。こんなバカなことが言えて、しかも笑えたら、こんなおもしろいことはないじゃないかというふうに思うわけです。だから、ギャグのほうが好きというのはいまだに続いていて、「お前は、小説家としていったい何をやっているんだ」と言われたら、「ギャグをやっています。笑いをやっています」というふうに答えるだろうということがあるわけです。

おもしろいことは「本当のこと」

思っていないわけです。それは真面目に言うているわけです。笑わそうという意志がないわけです、その人には。つまり、これは、本当に心の底から思うんですけど、おもしろいことっていうのは、実は、本当のことなんです、そういう意味で言うと。

今は、たとえば、人のどうしようもないこと、出身とか、容姿とか、身体的な特徴とか、そういうことを言うと、ものすごく怒られます。そんなことをギャグにするのはよろしくないと、こういうことになっていますけど、でも、おもしろいと思うことっていうのは、そういうことなんです、本当のことなんです。それを変なこととして言うから差別になる。むしろ、差別していることになると思うんです。でも、そこの領域にいる人は、それを本当のこととして言う。だから、差別を生んでいるのは、たぶん、普通の領域に住んでいる普通の人なんですよ。その人がおもしろいこととして言うから、なんか、いやな気持ちになる、差別しているみたいになっちゃうわけです。でも、その領域にいる人が本当のことととして、この世の真実として言えば、それはみんな、笑うんです。差別にならないんです。

つまり、おもしろいことというのは、実は、これはもう驚くべき暴論、極論に聞こえるかもしれないけれども、おもしろいことというのはこの世の真実であらねばならないんです。つまり、この世の真実こそがおもしろいことなんです。つまり、おもしろいことを書くということは、この世の真実を書くということなんです。と僕は思うんですね。「いや、それは暴論でしょう、極論でしょう」というのが、たぶん、おそらく差別意識の正体なんですよ。つまりそれは、だからこそ、この世の真実であるからこそ、隠されねばならないことなんです。それを隠すのが建前であり、常識です。それを破壊するときに噴出するものを描くのが、僕は文学なんじゃないか、表現じゃないかと、こういうふうに思うわけです。それをせずに安全な領域から、変なこととしておもしろがる、これは何もおもしろくないわけです。私はそういう風に思いますね。

笑いの背景にあるもの

さっきは『本音街』を読みましたけど、この『浄土』というのを書いたときは、特にそれが昂じて、おもしろいことをやりたいなと思って、いろいろやりました。

その中に『一言主《ひとことぬし》の神』というものがありますけれど、これは古事記神話を題材にした話で。ワカタケルノミコトというのが出てきます。「第十九代允恭《いんぎょう》天皇の第五皇子、長谷朝倉宮にましまして天の下知ろし食したもう大長谷幼武尊《おおはつせのわかたけるのみこと》は気宇壮大な帝王であった」

というのは有名な雄略《ゆうりゃく》天皇ですね。これは実際、『古事記』にもある話ですけれど、一言主の神という、葛城《かつらぎ》の、土着の神様が現れて珍騒動が巻き起こるという話なんです。これも、前回の文体のところで言いましたミックス技法ですね。いろんな意味での、いろんなレベルでのミックス技法を使って笑いをつくっている。それは何と何をミックスしているかというと、ありとあらゆるものをミックスしていて、細かく読んでいくと、「ここはこれをミックスしています」「これはこれとミックスしています」という話になるんですけど、説明するとまたちょっと長くなりますから、大ざっぱに言います。

まず、神様というものが使う言葉、なんとなく神様らしい言葉遣いというのは、これまでの芝居とかの中で、もうすでに古語となってしまった「神様らしい」というのがあるかもしれません。たとえば、中世においての説話の中でも、神様には神様らしい言葉というのがあったし、現代では現代における神様らしい言葉があるんですけど、それを卑俗な大阪弁を使うことによって、神様らしい言葉と市井の気安い言葉をミックスすることによって、一つの笑いになるとか。あるいは、時間的なことで言うと、これは雄略天皇の話ですから、五世紀とか、古代の話ですけど、そんな時代の話を現代にミックスするとか。あるいは、場所の風景にしても、当時の大王の宮殿というのはどんなものやったか、僕は知識がないんですけど、そこに現代の新一の橋交差点とか、六本木ヒルズとか、あの辺を当時の奈良県につくったり、そういう地形的な、空間的なミックスをするというようなことをやったりとか。

それから、「言離《ことさか》」という、一言主の言葉は、実際は神話の世界のものですけど、それを曲解することによって、言離という言葉を、占いと、もう一つ、何かマジックのような、魔術のような現象を一つの秘法としてミックスしているとか。今言うたのは、それが何かというと、言葉をめぐる、言語的なミックス、それからストーリーのミックスですね。『古事記』という神話のストーリーと、SF的な、別のまったく世界の違うストーリーをミックスさせるというように、いろんなものをミックスさせてきましたけど、それらのミックスを、同時に、総合的におこなうことによって、響きがグルーヴ、ひねりを作り出して、話が展開していく一つの言葉の世界をつくっているというようなことで。それが私の笑いの背景であり、もっと言ってしまうと、笑いの仕事であると、こういうようなことが言えると思います。

第七回　作家が読む文学——井伏鱒二の魅力

「これに影響を受けた」というフィクション

今回は、「影響を受けた文学作品」ということでお話しします。よく、「どんな作品に影響を受けましたか」と訊かれるんですね。それは、興味のあるところだと思いますけれども、人間は、ただ生きているだけでもすごいですが、生きていく上で、文章を書いたりとか、何か物事をする中で、本当にいろんなものから影響を受けているんですね。だから、文学作品に限定するよりも、もっと現実の、ほかのことからもたくさん影響を受けていて、そういうことが全部混ざった中でのものですから、「この作品を読んで影響を受けました」と言ったところで、それがものすごくダイレクトに効いたかといったら怪しいですよね。たとえば、ある作家が井伏鱒二《いぶせますじ》に影響を受けましたといったら、それは影響があるでしょう。それはたしかに、井伏鱒二もあるでしょうけど、ほかのもっとすごいたくさんのことから影響を受けた中の一つなんで、どんな人でも井伏鱒二の影響を受けたからそうなるというのは、あまりないと。

ある映画監督が、タルコフスキーの映画の影響があるねと言われて、本人が「影響を受けました」と言ったところで、ほかの、映画以外のものもたくさん観たり、読んだり、考えたりしていますから、その影響も大きいわけですね。だから、訊く側からすれば、小説家がどんな小説を読んできて、そこからどんな影響を受けているか知ってやろうというのはあるんですけど、それは、作品の中で、その人の技術的な部分とか、わりと分析できることに関しては影響が読み取れるぐらいのことで、あまり意味がないという気がします。

ただ、それでも、こういう話をすることにまったく意味がないかというと、そんなことはないと思うんです。なぜかというと、「何に影響を受けましたか」と訊かれると、答えますよね。訊かれて答えるから、答えるときは、無理矢理答えているわけです。「何に影響を受けたんですか」と訊かれて、「そうですね」と考えて、無理矢理しゃべっている。だから、「はあ、そうですか。ほかには？」と訊かれて、「これですね」と。それもまた適当に言うてるから、向こうもピンと来ないんでしょうね。「じゃあ、ほかには？」と訊かれて、「これですかね」と。「はあ、なるほど」ということで、その人が記事にしたときには、「これとこれとこれに影響を受けているそうです」と書いてある。自分が、それを読みますよね。それで、「ああ、俺、これ、影響受けているわ」とフィクションが作られていくわけです、このときに。だから、人間というのは誰でも、「俺はこれに影響を受けている」というフィクションを自分で作っているというわけです。

太宰治が欲した井伏鱒二の安定感

今の意味、わかりますよね？　つまり、これに影響を受けたというフィクションを自分で信じて、影響を受けたことになっているという、そのフィクションに自分が影響を受けているんです。だから、そのフィクションの作り方には、わりと意味があるかなという気がするので、今回はそのフィクションについてお話ししたいと思います。

さて、この「影響というフィクション」、自分という作家は、どういうものに影響を受けて出来上がっているのかなというフィクションですが、とは言うものの、自分で考えるときに、やっぱり思い浮かぶのは、文学作品が多いですね。その中で井伏鱒二というのは、影響を受けているというか、「こんなふうに書けたらいいな」と思うけれども「難しいな」と。読者の立場で読むと、素晴らしいと思うのです。書く立場で考えて、「こういうふうには、自分は絶対になれないな。なりたいけど、なれないな」というのは井伏鱒二ですね。「なりたくないけど、なってもうた」というのもあるかもしれませんが、それは言いません。

僕は、先日、群馬県の高崎市にある土屋文明記念文学館というところで太宰治の話をしてきたんですけど、そのために、太宰治をいろいろ読んだり、調べたりしたときに、太宰治と自分、町田の間には共通するものがあると思うところもあったんです。笑いの作り方とか、非常に共通する近しいものを感じたんですね。だから、ときどきそれを感じてくださる読者もいて、「あなたは、太宰治の影響がありますね」と言われます。でも、それは、たとえば井伏鱒二の場合だと、読んで「こういうふうな文章を書いたらカッコええやろな」という感じですが、太宰の場合は、そうではなくて、顔が似ているとか、背格好が似ているとか、なんとなく雰囲気の似た人っていますけれど、作品で言うと、そんな感じに近いんですね。だから、太宰の場合は、真似したいということじゃなくて、普通にやっていたら自然に似てしまうという感じで。そんなことを言うたら、太宰ファンに怒られるかもしれませんが、もちろん自分が太宰治に及ばない部分はたくさんありますけれど、なんとなく、小説を書くときの文章の雰囲気とか、そういうものが似ていると感じることがあります。

おもしろいのは、太宰治がまだ作家になる前、大正十二年（一九二三）、十四歳の夏休みだそうですが、「世紀」という同人誌に載っていた、まだ世に出ていなかった井伏鱒二の文章（『幽閉』のちの『山椒魚』）を読んで、「すごい人を見つけた」と興奮したというのがあって。その数年後に「自分の同人誌に原稿を書いてくれ」と太宰が井伏鱒二に依頼して短編（『薬局室挿話』）を書いてもらったそうです。それを思うときに、太宰治にとっても、井伏鱒二という人は、こうありたい、こういうふうになりたい存在だったんじゃないかなと、その部分でも何か近しいものを感じたんですね。

太宰が残した「井伏さんは悪人です」という有名な言葉がありますけれど、それは、太宰の才能を愛して、個人的にも相談に乗って、ものすごく世話した井伏鱒二にとっては、非常に困惑する言葉だったとは思うのですが、太宰からすればほとんど悲鳴に近いものだった気がします。ああいうふうにやれる人はすごいと尊敬しながら、自分は絶対にそうなれない。これから説明していきますが、太宰治は井伏鱒二の中に、自分が得たかった安定感というか、動じない、揺るがない、自己としてのあり方を感じて、つい「井伏さんは悪人です」と言ってしまったんじゃないかと思います。

人間の不確かさを描く『掛持ち』

それがどういうものであったのかというのが説明できるんですけれど、最初に作品を紹介したいと思います。井伏鱒二を一行も読んだことがない人って、いらっしゃいますか？どれぐらい説明したらいいかなと思って。すでにけっこう読んだという人は？「俺は、大学で井伏鱒二研究をやっておりました」みたいな人はいないですか。正直に言うてくださいね。さっきの高崎の講演で、偉そうに太宰治の話をしたら、質問で手を挙げた人が、研究者の偉い先生で。調子よくしゃべっていたから、「しまったな」と思いましたけれど、気をつけなあかんですね。作家ですから、小説家ですから、適当なことを言うているとしょうがないですね。そういう意味で、紹介はしますけれども。

いろいろおもしろいので、「これ」と言うのもなかなか難しいんですが、たとえば、『掛持ち』という小説があるんですね。「掛持ち」とは何かと言うたら、甲府の旅館に勤めている人の話なんですけど、そこは、忙しい時期があるんですが、夏と冬の間は暇なんです。産業構造が違いますから、四月から、五月、六月、七月と、九月、十月、十一月は忙しい。逆に十二月から三月までと、七月の終わりから九月の初旬ぐらいまでは暇であると。だから、その忙しい時期だけ働いている喜十さんという番頭がいるんですけど、この人は、その暇な時期も遊んでいるわけにはいかんというので、伊豆の谷津温泉、近くに河津川が流れているとありますから、河津桜で有名な河津温泉のあたりと思うんですけれど、そこで働いている。

それでおもしろいのは、甲府で働いているときは、番頭が三人いるんですけど、一番番頭でちょっと頼りにされている人が一人、真ん中ぐらいの人が一人いて、喜十さんというのは、一番アホ扱いされています。「使えんやつや」と思われている。だから、女中頭に、ちょっと失敗したらワーッと怒られて、泣いたりするぐらいの駄目なやつなんです。そんな、あかんやつ、どんな職場にもいてますよね。僕なんか、バイトとかで、そういう扱いされていました。ホンマはそんなことないんですよ。「この材木、何センチに切ったらいいんですかね」と、いつもやっている人に訊きに行くのに、文学的に訊くから、「あいつ、アホやな。何、言うてるかわからへん」と言われてました。現場では役に立たんやつがいますよね。映画評論とかのインテリが、「現場を勉強せな」とか言って、サード助監督になってメチャクチャ怒られるとか、ありますね。そんな感じですけど、喜十さんの場合は、別にそんな感じでもなくて、ただ単に鈍くさいやつと思われているんですね。

ところが喜十さんは、伊豆のほうへ行くと、なぜか、すごい頼りになる番頭とされているんですよ。甲府ではアホ扱いされて、蒲団《ふとん》とか必死になって運んでいるんですけど、伊豆では、おっとりして、帳場に座った落ち着いた番頭さんで、女中さんが「暑いですね」と扇いでくれたりするような、そういう、ただおってくれたらもうええという、貫禄バリバリのやつなんです。服も、甲府にいるときは三助で、「お背中流しします」みたいな働き方をしているのに、伊豆では、羽織を着て、扇子を持ってという感じで、途中の熱海で一泊して、着替えて、人格を切り替えて行くみたいな、そんなことをずっとやっていたんです。

甲府と伊豆なんて、メチャクチャ離れていますから、それまでは、両方に来る客もいなかった。ところがあるとき、でっぷり太って、度の強いメガネをかけた、釣りが好きなお客さんが伊豆の谷津に来て、「やあ、喜十さんじゃないか」と。そのお客というのは、わりと井伏鱒二自身のような人なんですが、その人から話しかけられて、「ああ、ここではその名で呼ばないでくれ」というような感じになって。喜十さんは、甲府ではそう呼ばれているんですが、偉そうにしている伊豆では、「内田さん」と苗字で呼ばれていて、「君、内田さんだったの」「蒲団運んでいたじゃない」とか言われて、「いや、ちょっと」と、そういう感じのやりとりをするんですね。

それで、何がおもしろいかと言うと、作品の中で、ところどころに絶妙なものが仕掛けられている。もちろん、その喜十さんが、一方ではアホ扱いされて、一方ではすごく有能な、貫禄ある人の扱いをされているというのが、そうですね。つまり、人間というのは、着ている服とか雰囲気とか、そういうもので扱いが変わって、そもそもの本質なんてものはなくて、実は虚無なんじゃないか。人間の不安定さ、存在の不確かさみたいなものが、単にその人だけじゃなくて、いろんな設定の中に散りばめてあるんですね。

詳細に読み進めていくと感心するんですけど、たとえば「酌婦《しゃくふ》」というのがいるわけです。これは、今の話ではなく、売春防止法とかもない時代の話ですから、いわゆる、プロの女の人です。それで、夏休みなので、近くに大学のラグビー部が練習に来ているんですが、その学生に酌婦が手紙を書いたりするわけです。それは、客として来てくれという、単に営業活動なんですけども、そういうプロモーションが問題化してしまう。なぜ問題視されるかというと、酌婦という存在を理解できない人が出てくるからです。それは、ラグビー部の学生を束ねて指導している二十九歳の外国人です。「内田さん、話があるんです。番頭さん来てください」と言って、喜十さんに相談するんですね。

なぜ喜十さんに相談するかといえば、その酌婦のところには、喜十さんが馴染みで通っているからです。それは客と酌婦の関係ですから、恋愛関係ではけっしてないわけですけれども、その外国人はそうは思っていない。「実は、うちの生徒に、あそこの店の女の人が手紙をよこした。それは、あなたと仲がいい女の人だということだ。そのことに関して、もし、それはあなたがとても愛している女の人なんだから、うちの生徒に手紙を送ったということがわかったら、あなたは」と、これは、たどたどしい日本語で言うていると思ってくださいね。それで続けて、「あなたは、嫉妬して、その女の人をとても激しく叱《しっ》責《せき》するでしょう。私は、その人は、とても可憐な少女だと思っています。そんな可憐な少女のことを、あなたは、おそらくとても激しく叱責すると思う。それはどうか、その可憐な少女のために、やめてあげてください」と言うんです。

内田喜十さんは、内心で爆笑です。可憐な少女のわけはないんですけど、そこにもやっぱり、人のものの取りよう、見ようによっては、酌婦も可憐な少女に映るということで、さらには、それを言われている当人が、甲府では、使えんやつ、無能な男と言われてバカにされている一方で、伊豆に来たら、全員に尊敬されて、立派な人と思って収まっている。そういう人間の不安定さ、不確かさみたいなものが、こういうところにも埋め込まれているのではないかと思います。

感情を排して感情を動かす作家

さらに物語を読み進めると、そのでっぷり太ったお客さんというのは、釣りをしに来ているわけです。だから、「部屋へ来て」と喜十さんを呼んで、テグスの長さはどのぐらいがいいかと相談をする。そうしてテグスを並べたときに、オウメさんという若い女中さんが来て、部屋で蒲団を敷くわけです。すると、並べていたテグスが風で全部飛んじゃって、お客さんは「あーあ」とかいう感じなんですけど、喜十さんはそこでオウメさんを叱るんですね。「お前な、お客さんのテグスが飛んでもうたやないか。蒲団を敷くときは、宿屋の人間は、ちょっとお蒲団敷いてよろしいですか、と断ってから敷かなあかんやろ」と説教をする。

そしたら、オウメさんは、客の前で叱責されたと言って、ワーッと泣き出しそうになって両手で顔を覆います。そこで喜十さんは、さらに「あのな、宿屋の人間というのは、いちいち客の前で泣いたり、騒いだりしたらあかんねん。お客さんの前では、能面のような表情をしてなあかんねん」と説教をする。それでも、オウメさんはずっとお客の前で泣いて動かない。そこは、そのお客の座敷ですから、オウメさんが泣いていたら寝ることもできないんです。お客さんはあきれて、「もう、わかった、わかった。僕はもう寝るから」と言って、寝ようとしたいんだけど、オウメさんは泣き止まないで、興奮しているんです。喜十さんが「もう行くから」と言えば言うほど、頑《かたく》なにそこから動かない。

ここでおもしろいのは、喜十さんがオウメさんに「お前な――」と言うている説教がありますが、これは、実は、喜十さんが甲府で言われていたこととまったく同じことを、そのまま言うているんです。そのでっぷり太ったお客さんが、なぜ、喜十さんを覚えていたかといったら、甲府の旅館で、喜十さんが露天風呂で背中を流しに行ったら、その太ったお客さんがメガネを取って石だたみのところに置いていたんです。その置いていたメガネを喜十さんが踏んでしまって、「あー」とオロオロして、「すいません、弁償します。いくらですか」と訊いているところを女中頭の怖いオトキさんに密告されて、呼び出されて、叱責されたわけです。そうしたら喜十さんは、言われている自分が情けなくなって、ちょっと泣いてしまうんですが、そのときに説教された「あのな、宿屋の番頭というのはな――」という文句をそのまま言うているわけです。「お前、まんまやんけ！」みたいな、そういう仕掛けがあるんですね。

メガネを踏んでしまったことについて、喜十さんからしたら言い分があるわけです。昔の温泉場ですから、暗い流しの、別に一段高くもなっていない、ただの床にメガネを置いていたら、それは踏むわと、喜十さんとしては言いたい。でも、ワーッと言われているから、泣くしかできない。喜十さんはそのときに、理不尽を感じていたんですね。それを今度は、その喜十さんが同じことをオウメさんに言うてるわけですけど、オウメさんからしたら、若い娘なんで泣いている以外何もしませんけど、同じ理不尽を感じているわけです。つまり、こんなところにテグスを並べていたら、それは飛ぶでしょうと言いたい。でも、説教されればされるほどバカにされている感じがして、絶望して泣いている。そうした状況も、全部二重に重なっているわけです。

つまり、説教をするというのは正論ですね。言うていることは正論なんです、順番に並べていくと。でも、「こうやろ、こうやろ」と言われている正論の無意味とか、旅館の番頭はこうだという、世間で言われている価値観の無意味みたいなこと。普通に「人間って、意味ないよね」みたいなことを言う場合は、大げさな殺人事件があって、情念だ、恩讐だ、恩愛だと、大げさな言葉で出てきますけど、この話の中にはまったくそういう大げさな言葉が出てこないばかりか、それを静止した一幅の絵として描いている。これが、何かものすごく心が動くところなんですね。

僕は今、わかるように説明して言いましたけど、理解したらそういうことなんですけど、もうちょっと感覚的に、「なんか、わからんけど、ええよな」という、一幅の絵を見たときに近いような味わいが、井伏鱒二の文章にはある。つまり、筋があって、時間経過があって、人間が動いているはずなのに、なんかそういう静止画を見たときのような、静的な感動がある。道徳の無意味、正論の無意味、価値観の無意味、そういうことを、感情を排して、感情を全然入れずに書いている。「腹立った」とか「泣いた」とか「ムカついた」とか、「悪いやっちゃ、あいつは、もう」とか、水戸黄門とかでは、悪いやつは悪人に描きますよね。読者や観客の感情をかき立てるものが上手と思われていますけど、まったくそういう感情を動かさない状態で、感情がものすごく読者の感情に迫ってくることを書く、それが井伏鱒二。

「文章の達人」を超えた「生きる達人」

そして、そこには、「わたくし」が現れないんです。「わたくし」というものが小説に現れない。だから、たとえば、「わたくし」だけで書いていた太宰治なんていうのは、「感情の激するところを書いて、こんなに読んでいて感情が揺さぶられるのに。それなのに、わたくしを消して書ける、そんなことができるなんてずるい」と。「ずるい」と言うこと自体が理不尽なんですけど、そういう嫉妬のようなものがあったんかなという気がします。

僕なんかも、井伏鱒二を読むと、すごい技術というか、すごい達人だなと。「達人」というのはもう、文章の達人というより、生きることの達人だと、そういう感じがします。

その生きることの達人である井伏鱒二が達人的な文章を書くから、達人が達人なんで、達人がダブルになっているという。物語を作るだけなら、太宰治も達人なんですけど、生きることに関してはそんな上手じゃなかったなという感じがします。

屈託、悲哀、飄逸《ひょういつ》、これらの絶妙のバランス、井伏鱒二の文章を読んで、たまらなくなる感じ、心が動いてたまらなくなる感じというのは、何かに似ていると思ったんですけど、やっぱり、表現できなかった。

でも、この前、ちょっと何かに似ているなと思ったのは、たとえば、犬や猫なんかを見て「かわいいな」と思う感情は誰だってあるかもしれませんけれど、ときどき「かわいそうだな」と思うときがあるんですね。人間にすべての運命を託している。死にかけているときに病院に連れて行かれることも人間に託している。それから、どんなご飯を食べるかについても人間に託されている。だから、犬と人が散歩をしている姿なんかを道で見ると、ほほえましい光景として見ることもできますけど、そのときの犬の足取り、首を下げてトボトボ歩いていたり、うれしそうに歩いていたり、どういう歩き方を見ても、「ああ、こうやってこいつは信じて付いていってんねんな。かわいそうやな」と。それは、単純なかわいそうでもなく、たまらない感情と言えるもので、なかなか表現するのは難しいんですけれど、井伏鱒二の文章というのは、そういう、本来表現できないことを表現しているなという感覚があります。

最後は、だいぶ本音の意見、感情の吐露になってしまいましたけれども、私の「小説家として影響を受けた」というフィクションを作るならば、これがそういうことになるのではないかと思います。

第八回

芸能の影響——民謡・浪曲・歌謡曲・ロック

時代と娯楽の関係

今回は、影響を受けた芸能について。あんまりそういうことを緻密に考えるのは得意じゃありませんので、雑な話ですけれど、時代と芸能、娯楽、エンタテインメントについて考えるということですね。

芸能といったら娯楽ですが、時代と娯楽というのは変わりますよね。この時代はこういう娯楽をみんなが楽しんでいたと。これは変わる。でも、「それって、どうなの?」と思うところがあるんです。自分の半生を振り返りまして、「どうなの?」と自分に問うと、けっこう「動物やな」という気がするんです。どういうことかと言ったら、自分で「これがええ」と思って選んだように思うんですけど、そのときどきの時代にそこにあったものの中から選んでいただけで、すべてを知ったうえで比べて選んだわけじゃない。たまたまそこにあったものが好きになっただけやなと。これって、動物ですよね。

いつも思うんですけど、人間って好きな人と嫌いな人がいますけど、「回数ちゃうか」という気がするんです。つまり、毎日顔を見ていると、好きとまではいかんけど、なんとなく気心がわかってくるというか、そう無下にもできんと。これは残酷な話ですけど、全然知らん人がえらい目に遭っているのと、毎日顔を見ている人がえらい目に遭っているのと、思いが違うじゃないですか。だから、やっぱり、「数やな」と。そうすると、たとえば、そのときに耳に入っていたものとかによって自分の趣味嗜好って決まっていくのかなと思うんですね。もちろん、それがある程度固まった上で、頭でいろんなことを理解して「俺はこれが好きなはず」といって選んだものを聴いてみたらよかったということもあるかもしれませんけれど、そのベースをつくっているのは、その時代にそこにあったものに過ぎないんじゃないかなという気が強くしています。

では、「その時代にそこにあったものってなんなの？」といったら、それは、その時代の状態、状況というか、その時代にあったもの。たとえば芸能というところで取ってみても、百年ぐらいで考えると変わってきていますよね。百年前は、ものすごい昔ですね。僕なんかがまったく知らない時代で、「娯楽ってなんだったの？」といったら、寄席とかに行って落語や漫才を聴いたりするとか、芝居小屋に行って演劇を観るとかしかなかったわけですね。

僕の父親なんかは、昭和四年（一九二九）生まれですけど、映画のことを「活動」と言うてました。「活動、観に行く」と、僕が子どもの頃はそういう言い方をしていました。つまり、「活動大写真」というやつですね。今でも、粋がって「活動」と言う人がいるかもしれませんけど、ちょっとカッコええかもしれんから、皆さんも「この間、おもろい活動を観てな」とか言うたらどうですかね。

それから、ラジオですね。ラジオで歌を聴いたり、漫才を聴いたり、落語を聴いたりしていたんでしょうけれど。たとえば、今度、『男の愛』という小説を書きました。それは、清水次郎長《じろちょう》というのを元にしているんですけれど、次郎長が有名になったのは、もともとは神田伯山《はくざん》という人が講釈場でやっていた人気の講釈ネタを、広沢虎造という人が浪曲にしたらしいです。そんなことは吉川潮という人が書いた本を読んで知ったのですが、それによると広沢虎造という人は、非常に小声《しょうせい》やったらしいです。声はええけれど、いかんせん小さかった。劇場にマイクが備え付けられるようになる前までは、みんな、地声でやっていましたから、小声の人は何を言うているかわからんので、やっぱり、人気が出なかったんですね、通る声やないと。ところが、広沢虎造は、マイクというものが生まれた時代の人なんですね。つまり、マイクというものが生まれて、それではじめて虎造の芸が成立するというか、人に受け入れられるようになった。それから同じ頃、ラジオ放送が始まった。ラジオというメディアによって、それが多くの人に聴かれるようになって、大衆に爆発的な人気を得た。だから、聴いている立場から言うとですよ、その時代の環境、マイクとか、ラジオとか、そういうテクノロジーが発展したことによって、広沢虎造が受容され、清水次郎長伝も人気になったわけです。

そして、このあたりから、僕らの子どもの頃になってくるんですけど、テレビですね。私の影響を受けた芸能ということで言うと、根底にあるのは、テレビの文化です。テレビといってもいろんなことをやっていて話が広がりすぎますから、声でやることに絞って言うと、昭和の歌謡曲ってやつですね、最初に聴いて影響を受けたのは。これは、固有名で言うといろいろありますけど、たとえば、物真似なんかで若い人も知っているかどうかわかりませんけど、森進一。「ッエッエエー」と歌う、すごい声の人。顔でやっていますけどね。その頃、ラジオからテレビになって、子どもから大人まで、みんなが聴いていましたから、僕もそういう歌を聴くというよりも、自然に耳に入って影響を受けているという感じですね。

そのあと、だんだん変わっていくわけですけど、そういうテレビとは別に、僕らが中学生の頃にあったのが、深夜ラジオってやつです。大学生とかが聴いていて、おもしろいことを朝までやっているというので評判になって。今で言うサブカル的なものとして、昼間はかからんような音楽がかかっていて、関西フォークとかありましたから、しばらくして、そういう文化にだんだん入っていったと。

もう一度まとめると、テレビで歌謡曲を聴いていて、深夜ラジオでフォークソングとか、アングラな文化を知って、FMラジオで洋楽を聴くようになって、それからだんだん、ロックとか、パンクとかを知るようになっていった。だいたい、大まかに言うとこういう流れになるんだろうと思います。

低俗な芸能、高尚なカルチャー

芸能ということになりますと、範囲が狭まりますので、ちょっと戻ります。昼間のテレビ、ラジオでは、漫才、落語、それから吉本新喜劇、松竹新喜劇の舞台中継とか、そういうものをやっていましたが、これらと、深夜ラジオというと、これは、やっぱり、分かれるんですね。わかります?　つまり、「芸能」とはどこまでなのかということなんです。

漫才は、いわゆる芸能界と言いますから、普通に芸能に入っていますけど、ほかに、落語、新喜劇、漫談も入るかもしれませんけれど、河内音頭や浪曲、これらが芸能です。そうしたら、深夜ラジオ以降のサブカル的なもの、フォークとかロックとか、そういうアングラなもの、これはなんと呼ぶかというと「カルチャー」と呼びますね。文化的。カルチャーと芸能と、こういうふうに分かれるわけですね。

あくまで私の私的な分け方ですが、このように二つに分けたとして、では、これを当時の私が、あるいは、世間一般もある程度そうだったかもしれませんけれど、どういうふうにとらえたかと言いますと、カルチャーというのは高尚なものであると、それから、芸能というのは低俗なものであると、こういうふうに思っていたんです。

そして、今度は、ひと口にカルチャーって言ってもいろんなカルチャーがあって、それを事後的に、その時代にどんなカルチャーがあったかと言ったら、ハイカルチャーとサブカルチャーというのがあった。ハイカルチャーというのは、芸術ですよ。サブカルチャーというのは、深夜ラジオでやっていたようなアングラなフォークとかロックとか。ロックは、今では普通に、どこにでもあふれていますけれど、その頃は、アングラだったんです。アングラという言葉も、もうあまり言いませんけど、要するに、地下に潜っているもの。あんまり、昼間には出てこないで、夜しか出てこない、ゴキブリみたいなもの。昼間は、普通の歌謡曲とかやっていましたからね。なので、歌謡曲はどこに入るかといったら、一応、便宜的に、低俗な芸能の中に入れておいてください。

じゃあ、ここからが問題というか、難しいところなんですけれど、低俗と高尚って、どうやって分けているのか、お前の中で分けていたのかという話ですね。高尚なカルチャー、低俗な芸能、この二つに分ける基準のポイント、どうやったら分かれるのか。今、ジャンルで言いましたけど、ジャンル以外の分け方はないのか、別の分け方でするとどうなのかというと、これはですね、西洋と国内というふうに分かれます。

どういうことかと言うたら、西洋というのは、アメリカ、ヨーロッパ、それに近ければ近いほど、高尚。その反面、国内に近ければ近いほど、低俗。西洋に近ければ近いほど上、国内に近ければ近いほど下、こういう分け方ができていたと思います。つまり、ロックとかフォークというのは、輸入の文化で、あの頃やったら、ビートルズとか、モンキーズとか、そんなのを真似してやっているわけですから。もっと詳しい人やったら、ヤードバーズとか、クリームとか、とりあえず今、ここは適当に言いますけど、マウンテンとか、テン・イヤーズ・アフターとか。古い固有名詞が出てくるのは、年寄りの繰り言だと思ってください。フォークやったらボブ・ディランとか、そういう人の真似をしてやっていたわけで、西洋の真似ですから。西洋に近い、だから高尚と感じていたわけです。これはあくまでも、僕がそうだと断言しているわけではなく、世間もなんとなくそう感じていたと思います、一つの物差しとして、そんな感じがあった。

カルチャーにも、ハイカルチャーとサブカルチャーがあったけれど、それはまあ、いいとして、日本語でやっている、国内純粋なものは下、低俗というふうに思われていた。芸能は、国内のもので、大衆相手の日本語でしたから。大衆相手だから低俗なんじゃなくて、国内に近いから低俗だと、こういう分け方があったと思います。

それで、さらに言えば、カルチャーに上と下があったように、芸能とひと口で言っても、やっぱり、上と下があったんですね。昼のテレビでやっている、歌謡曲とかお芝居とかはけっこう上で、寄席でやっている演芸というのは下と、こういうふうに言われたと思います。その頃、深夜ラジオを聴いていて、上方の落語家が自嘲的に語っていたことで、今でも覚えているんですけど、営業で、テレビか映画かの撮影に行ったら、場を仕切る人が、「じゃあ、芸能人の人、こっちに来てください」と言ったと。それで、何人かの落語家が「はーい」と言って、歌手や俳優、タレントの人と一緒に行ったら、「お前らは芸人や」と言われて排除されたと。だから、そういう上下の感覚が、一般の認識の中にもあったと思います。

それでも、落語、漫才、演芸は、テレビ、ラジオでやっていましたから、認知しているというか、一応、下とはいえ存在していましたけど、その下の、もう人から忘れられて、最も土俗なものとしてあったのが、僕らの地域だと河内音頭とか、浪曲とか、そういうものですね。つまり、芸能の中には、芸能人と言われる人が携わっているものと、それから、寄席の演芸と、さらにその下には、土俗の河内音頭という民謡があったわけです。

芸能からカルチャー、そして芸能へ

そういう上下があったところで、自分は、いろんな意味で、そのすべてに影響を受けたわけです。カルチャーにも影響を受けたし、芸能にも影響を受けた。ただ、一番トップのカルチャー、いわゆる「芸術」と言われるハイカルチャー、これには影響を受けませんでした。家が貧しかったもんですから、そういうものを観に行く環境にありませんでした。一九七四年でしたか、モナリザが来ると言うて、「モナリザ、観なあかんで」と展覧会に行ったような記憶があるんですけど、覚えていないんです。行ったのは覚えているんですけれど、そのモナリザがどうだったか、全然覚えていない。えげつない人出だったことだけは覚えている。だから、ハイカルチャーはないんですが、ほかのすべてには影響を受けていた。

それで、年で言うと十二ぐらいか、もうちょっとかな、中学一年ぐらいまでは、歌謡曲とかを別に心を動かされることなく、普通に聴いて、歌詞を自然に覚えて歌ったりしていて、中学二年ぐらいになってきてから、カルチャーというものに触れて、深夜ラジオとかでフォークソングとか聴くようになって、「世の中にこんな種類の音楽があったんか」と知るようになって、何か興味を持ち始めた。これ、わかりますか？　最初は、下におったんですね、芸能の上のほうのもの、テレビでやっているようなものを普通に聴いていて、だんだんカルチャーという、価値があると思うものに上がっていったと。つまり、その頃、十四から十八までと仮にしましょか、それぐらいまでの自分は、何を探していたかというたら、人間の、あるいは社会の真実の表現というのはどこにあるかというふうに思っていたわけです。それは、上に行けば行くほどあると思っていた。だから、ロックを聴いたり、フォークを聴いたり、パンクを聴いたりして、そこに行けば、何か人間の真実がある。「テレビでやっていることは欺瞞や。芸能というのは虚飾の欺瞞や。作られた表現で、言うたら、商売でやってはるのや」と思っていた。西洋に近づいて行けば行くほど、上に行けば行くほど、何かそこに真実があるんだと、そう思い込んで、自ら調べたり、友達に教えてもらったり、雑誌を読んだり、いろんなことをしながら接近していったんですね。

それで接近しすぎて、あろうことか、人生最大の失敗をしました。接近しすぎて、パンクロッカーというバカなものになってしまった。つまり、自分でやったんです。調子に乗って、マイクを持って、長ズボンを穿《は》いて——長ズボンぐらい誰でも穿いているけど、やって、まだ、やっているんです。昨日もやったんです。やっているんですけど、なんか、嘘くさいんですね。いざ、やってみると、接近してみると、どこか虚構なんですね。いわゆる芸能みたいなものの虚構性とは違う、もっと本質的に自分を偽っているような嘘くささがあるんです。それはもう十八ぐらいのときにわかっていて、だから、なんか、反発を覚えて、下に行ったんですよ。下に行ったというのは、つまり、ロックをやりながら落語的な表現を取り入れたりとか、浪曲的な表現を取り入れたりとか、それくさいことをやろうとした。でも、行ききれなかったんですね。じゃあ、もう長ズボンも脱いで、和服を着て、三味線を弾くかというたら、それはできなかったんですね。

土俗・卑俗にこそ真実がある

それで、話は一転して、文学の話をせなあきませんよね、「私の文学史」ですから。文学においては、読んでいくうちに思ったんですけど、なおさら、そんな感じがしていたんです。それは、そうですよね。明治になって、西洋のノベルということを日本人もやろうと思って、「恋愛なんか知らん、色恋とはまた別やんなー」みたいな人間がノベルをやろうと思ったら、無理からでも恋愛をせなあかんと、そこで無理矢理、「恋愛ってなんやねん」と考えるようなところから始めているわけですから、なんか、ちょっと違う感じがしたんです。

そこで、文学をやるとき、もう一回、考えたのは、下ですよね。つまり、国内にものすごく近い、土俗・卑俗に近い、下の表現のあり方、そんなものに、もう一回非常に注目したんです。十八のときに行ききれなかったものを、文章を書き始めたときに、あるいは、詩を書き始めたときに、もう一回。いわゆる文学、お小説、おフランスみたいな、おランボーみたいな、おヴェルレーヌみたいな、そういう「お」の付く感じが嘘くさいなと思っていた、そういう気取りみたいなものを全部排してやったときに、否定していた、下だと思ってカッコ悪いと思っていた、土俗・卑俗に近いものにこそ、表現に使える文体があるんじゃないかなと、そんな気がしたんですね。それが、俺にとっての「芸能」なんです。

たとえばですね、これは「現代詩手帖」という雑誌なんですけれど、一九九二年の五月号です。この話をしようと思って考えたときに、もうすでに書いてくれていたんです。福間健二という詩人の方が評論してくれていた文章がありまして。それはですね、ほめてくれているので、あんまり読むと自慢しているみたいでいやらしいので、あんまりちゃんと読みませんけど、「社会の底辺的なもの・土俗的なものに対する感受性を、できるだけ（音楽の場合以上に）無責任に解放する」みたいなこととか。

あるいは、さっき言った、嘘くさいなと十八のときに感じていたもの、「正直なところ、私がこのところ熱中して聞いているブランキー・ジェット・シティのような、もっと普通の少年がからっぽのままで成長してやっているロックにくらべると、町田町蔵のロック表現には、わざとらしいところがありすぎると思う。そこにはふたつの意図が微妙にからんでいる。ひとつは音楽の中に現実世界をとりこむ意図であり、もうひとつはものまねにならないかたちで自分の姿をカリスマ的に立たせる場所を用意する意図だ」。

これはわりと批判的に書いてくださっているんですけれども、普通のロックに比べるとわざとらしいというわけですね。そこには、「音楽の中に現実世界を取り込む意図」、つまりロック的なカッコよさの否定ということを、すでに自分は企図していたんだなというのは、今読んで、改めて思いました。

それを、さらにもっと端的に書いてくださっている方がいらっしゃって。それこそ、サブカルですね。「ガロ」とかそういう場所で活躍されていた漫画家で、今でも活躍されていますけれども、根本敬という方なんですが、タイトルが「セックス、ドラッグ&ロックンロール――」、これは、当時、イアン・デューリーという人が「セックス&ドラッグズ&ロック&ロール」という曲をやっていて、ファンキーでカッコいい曲だったんですけど、その「セックス、ドラッグ、ロックンロール」というのが、当時のロッカーの合い言葉のようになっていたんです。それで、「セックス、ドラッグ&ロックンロール」よりも、センズリ、アンパン&河内音頭」と、端的に書いてくださっています。どういうふうに書いてくださっているかというと。

「そこらの兄ちゃん姉ちゃん多数派のロックに対する印象は大方カッコ良いものという事になっている。しかもそれは毛唐伝授のカッコ良さだから、日本人が唄っていながらモニカやジョージがストリートで繰り広げる国籍不明の妙な世界にハマリがち。その辺の嘘っぽさが大方にはまだカッコ良く思えるのかもしれないが、しかしストリートより道路や道端や横丁の方が全くもってリアリティがあるってもんだろう。だが唄う世界に道端やそこに息づく爺ィや婆ァや冷やし飴が登場するとロック的な世界は罅《ひび》が入り浪花節的演歌的盆踊り的なダサイ（とされている）現実日本が滲んでしまうのでロックの人の大多数は皆、見ない見えない扱わない。それ故、ロックは自由を標榜しながら反面排他性が強く、そこが私は気にくわない。が、町田町蔵は例外」というふうに書いてくださって。これはまさに今言っていたようなことを、根本さんは喝破《かっぱ》されているなと思います。

あとはほめているので、気恥ずかしいので読みませんけれど。そういうことで、私にとって、下に行く、西洋から遠ざかる、国内に近づいていく、土俗・卑俗に近づいていく、そういう表現が、文体、文章においては、音楽以上に使える部分が大きいなと思います。また、文学には、それを受け入れる――ロックは、根本さんが解説してくださったような、懐の浅さというか、受容する側の思い込みがありますから、そういう表現がなかなか受け入れられないところがあるんですけれども、文章に関しては、その辺に切り込む余地がものすごくあると思って、始めたのが詩の表現であり、もっと意識的に始めたのが小説の表現で――詩の表現は、福間さんがさらにおっしゃっているように、わりと無責任に解放しているところがあるんですけど、その辺の芸能の影響みたいな、影響というより、むしろ、自らそこに「赴く」という表現が近いと思います。僕は今は下だと思っていませんから、赴くと言わせていただきましたけれど、そういうような表現があると、こういうふうに思います。それが私の芸能の影響です。

それから、もう一つだけ付け加えますと、エンタテインメントというものには、銭金《ぜにかね》の生臭いにおいがします。それは、今も昔も変わりません。だから、ギラギラしているし、キラキラしているし、惹かれる人は惹かれる。銭金の生臭さというのはたしかにある。ただ、僕が好きな、昔流行った演芸というのは、もう、その臭みとか、大衆に対する媚《こ》びというものが、時代が経ちすぎて、揮発《きはつ》してなくなってしまって、人間の真実とか、喜び、悲しみだけがそこに、実は残されていて。そういうものが、味わっていると鮮やかに浮かび上がってくるような気がします。文章で何かを表現する場合、これを用いない手はないと、こう申し上げて、この回を終わりたいと思います。

第九回　エッセイのおもしろさ——随筆と小説のあいだ

文章を書くときに苦しめられる自意識

この回は「エッセイのおもしろさ」についてですけれど、特にプロを目指していなくても、何か書いたりとか、おもしろい文章を書きたいなとか思っている方に、ちょっと役に立つような話をしたいと、こういうふうに思います。

エッセイって、随筆ですよね。エッセイとか言っている段階で、センスないですね。すみません、つい、地が出てしまいましたが、随筆と呼びたいところがありまして。随筆、エッセイ、同じことかどうか知りませんけど。センス、っていうのもちょっとナニですね。つい言うてしまいました。

随筆を書くときに意識すること、随筆を書くときにどうなのかということなんですけれど、エピソードから入りたいのですが、先に、ある人、それなりに名前のある人と雑談していて、すごいおもしろかったんです。話が弾んで、ものすごく多岐にわたって、「なんで、今のを録音してなかったの？」ぐらいにおもしろい話。たまたま話し始めて、気がついたら二時間ぐらい話していたなということがあって。「どうする、僕たち、こんなおもろい話して」みたいな。ちょっと、井上陽水さん的な口調で思って。

それで、「これ、対談したらいいんじゃない？」という話になって、対談したんです。

そしたら、全然おもろないんですよ。人が違ったように、しょうもないことしか言わないんです。「あれ、同じ人やの？　中味、入れ替わってない？」みたいな。なんでそうなるか。口調から、何から、全然違うんですよ。なぜかということなんですね。つまり、それは、読者を意識しているからなんですね。二人でしゃべっているときはいいですけど、読む人がおることを意識してしゃべっているから、急に変わる。それは、その人がええカッコしいということも十分ありますけど、ただ、人間、誰しもそんなところがあるという話です。

たとえば、ここで誰かと、その人と向き合ってその人だけにわかるように話をするのと、ここにもう一人話し相手がいて、ここにいる全員にわかるように話をするのは、話し方が変わりますよね。だから、ここでしゃべっていることを見ている人がおったら、しゃべり方は自ずと変わる。それは、変えようと思わなくても変わる。自然に変わってしまう。わかるようにしゃべろうと思わんでもしゃべってしまう。人前で急に変わる人、これは、ある意味では当たり前の話です。

そういう意味では、ビックリしたことがありますね。ものすごいボソボソと、フレンドにしゃべっていた人が、収録になると急に、「はい！　それでは！」みたいになる。ビックリしますよね、ああいうのは。ラジオ番組とかで、急に声が変わる人がいますよね。プロの人はだいたいそうですけど、人前というのは変わる。

それから、楽器を演奏するときもそうですね。「バランスチェックがあるんで、ちょっと試しに」なんて言って、サラッとやったときはすごくいい感じなのに、いざ本番となると、急に力が入って、「全然あかん」みたいな、そんなときがあります。急に駄目になる。それはやっぱり、人を意識する、そういうことがあります。

変なのは、日記ですよね。中世の貴族の日記とか、あるいは、政治家の日記とか、人が読むことを最初から意識して書いている日記というのがありますし、反対に、もう絶対に誰にも見せないと決意して、全部書いている日記というのもありますけど、それでも、書くとなると、やっぱり、普通に思っていることとは違う、気取りとか、カッコつけとか、人目を何か意識する。日記の変さというのは、一番変かもしれないですよね。誰にも読まれないはずなのに、俺は一般人で、死後「新資料発見!」とか誰かが言うこともないし、家族すら読まへんやろというようなものでも、いざ書き出すと、なんか、ちょっと意識して書いてしまう。

つまり、人が文章を書くときというのは、誰もがこの自意識に苦しめられるんですね。

あるいは、この自意識に苦しめられなかったら、もしかしたら、ちゃんと書いていないということになるのかもしれない。この自意識を克服するのが、やっぱり、文章を書くときの第一歩だと思うし、そのための手立てというのは、みんながさまざまに講じて、自意識から逃れることをやろうとする。その衒《てら》いとか、カッコつけとかいうものから逃れる手続きが必要だと。それが、随筆を書くということだと思うんです。だから、その自意識の抜き方、逃れ方がわからない状態でいきなり小説を書き始めると、なかなか苦労するんじゃないかと推測します。

要するに、プロの作家というのはどういう人かといったら、この自意識を完全に失《うし》のうた人ですね。裸を見られるのは、誰だって恥ずかしいですよね。でも、人前で着替えたりするのが恥ずかしくない場合もありますよね。たとえば、よく知りませんけど、人前で着替えるのが当たり前のような仕事やったら、いちいち恥ずかしいと言うていられませんよね。そういう、文章を書くことの衒いとか、自意識を失のうた人がプロの物書きなんですけど、僕はそれをたまたま、随筆から始めたんです。なんで、そうなったと思います？それはですね、頼まれたからなんです。「随筆、書いてください」と頼まれたから、「わかりました」と言って、やったんです。だから、この自意識をなくそうと思ってやったたんじゃなくて、頼まれたから随筆を書こうと思ったら、「恥ずっ！」となって書かれへんようになって。でも、締め切りがあるから、しょうがないから無理矢理書いたと、そういうことなんです。頼まれていなかったら、自分の意志でそうしている分、もっと難しかったかもしれません。自分の場合はたまたまそうやったんで、どんなことやったのかなという話をしたら、皆さんの役に立つかなと、こういうふうに思うんです。

小説と随筆の違い

じゃあ、小説と随筆はどう違うのかという話ですね。別に文章で書いてんねんから一緒ちゃうんかと。随筆がそのまま小説の形になっていくようなものもありますし、違いがよくわからない。「それはエッセイでしょう、小説じゃないよね」と言う人もいますし、「これは一見、随筆だけど小説だよね」となる場合もありますし、この境界は難しいんです。結論を言うと、結論はないです。ただ、その結論に至る途中はあります。途中を言うとわりと簡単な話で、結局、小説と随筆の違いっていうのは、あくまでたとえですけど、歌謡曲かロックかの違いですね、さっきの例でいくと。

これは、上と下の話じゃなくて、歌謡曲かロックかの違い。役でやっているか、素でやっているか。歌謡曲というのは役ですね。男が女の感情を歌ったりしますし、あんまりないけど、ときには、女が男の感情を歌ったりすることもあるかもしれない。あるいは、歌う人がどういう人かじゃなくて、作詞の人が書いた詩を、その役になりきって歌いますから、これは役、演じているわけですね。

では、ロックって何かと言ったら、素です。その人でやっているんです。そのままの「その人や」と思って、みんな、聴いているわけです。ジョン・レノンが、〽Mother～、と言うたら、ジョン・レノンが自分のお母さんに言うてると。「お母《か》ん、なんで捨てた」みたいな状態で、ええかげんなことやったと、ジョン・レノンが。それでそのあとに、「あれは、俺のお母《か》んや」と言うわけです。でも、〽Mother～、と言うて、「お母さんと小さいときに別れたんか」「いやいや、今でも仲良うしてる。正月にまた会いますよ」となったら、これは役ですよね。この違い、わかります？　ジョン・レノンはロックやから、素なんです。〽Mother～、と言うた以上は、生き別れのような状態になっていないとあかんわけですね。これが小説と随筆の違いです。

途中ですけど、皆さんの顔を見るに、全然、ピンと来ていないですね。もうちょっと説明します。ジョン・レノンはジョン・レノンで、素でやっているから、随筆です。歌謡曲で言うと、なんやろうな、〽Mother～、に匹敵する、インパクトのあるものは。そうですね、〽おふくろさんよ～おふくろさん　空を見上げりゃあぁ～、と言うたら、森進一のおふくろさんが死んだはずやないですか。でも、これは、作詞家の川内康範《かわうちこうはん》が言うたことなんです。そのとき、森進一のお母はんは元気にしていて、正月に会うたかもしらんのです。これが、小説です。どんどん遠ざかっているかもしれませんけど、次に行きますね、これはきりがないんで。

だから、役か素か、役でやっているか、素でやっているか。役者さんは与えられた役をやっています。殺人犯の役をやっても、その人は、殺人なんかやったこともない。でも、それがドキュメンタリーやったら、殺人犯やと困るでしょう。「俺も、人を殺したときの、あの感触が」とインタビューで言うてるやつが、ドキュメンタリーなのに、「儂《わし》は人殺しなどせぬ。断じてだ！」と後日、憤然として言ったら、やらせやと言われますね。役か素かとはそういうことです。随筆はドキュメンタリーで、小説は劇、映画やという言い方が、簡単に言うとできます。

ただし、純文学の中には私小説というのがあって、役と素を一体化させているやつがあります。でも、これも、役と素を一体化させながら、作者という別の人格があるので、地ではやっていますけど、設定を使っているだけで、それを演出している人がいるので、厳密にいうと役ですね。随筆というのは地でやっている。女の役を男ができない。やっていたら、それは女形ということになりますから。つまり、小説と随筆はそのように違う。

だから、僕も、随筆を書くときは素でやっている。「これが随筆ですよ」というときは、役ではやっていない。「これは町田である」という前提でやっていると、こういうことが言えると思います。でも、僕の「随筆」と言われて出版されているものを読んで、「これ、ホンマ?」と言われたら、厳密に言うと、「すんません、嘘でした」ということもあるんで、一筋縄ではいかんこともある。いろんな間《あわい》のところがあるんですけど、単純化するとそういうことが言えると思います。

絶対におもしろい文章を書けるコツ

それで今度、随筆の場合は、大きな問題があるんですね。これは、自分の場合にあった問題なんですけど、人間には、一般人と、無名人と、特殊人と、有名人と、それが重なる部分もあるんですけど、四種類あります。

有名人の場合は、随筆を書くのが楽なんです。何を書いても、その人の表の顔があるから、素で書いても成立するんですね。その人がやっている表顔があるから、随筆なんです。ところが、無名人の場合は随筆を書こうと思ったら、まず何かやって、小説書くんやったら小説を書いて、なんとか賞とかもろうて、小説家になってから随筆を書かんと、表の顔がないから誰も読んでくれないわけです。「何を言うとんねん」と。簡単な話、太宰治が「昨日、パンを買いに行ってね」と言ったら、「え? 太宰がパン?」となるわけですね。でも、なんも知らん人が、「昨日パンを買いに行って」と言っても、「パンぐらい買いに行くじゃない、誰でも」みたいなことになるから。「太宰がパンを買いに行くって、どこのパン買うたんやろう」となるけど、無名の人が「パンを買いに行って」と言ったら、「どうでもええわ」と言われるわけですね。

僕の場合は、最初、頼まれて随筆を書きましたけど、そのときは歌手ではありましたけど、無名人です。あるいは特殊人だったのかもしれません。特殊人というのは、なんか、特殊な人ですね。職業、職能に秀でているとか、それによって有名ではないんだけど、誰が見ても特殊なことをやっている。「僕ね、ビールの詰め替えの仕事をしているんですよ」「なんやねん、ビールの詰め替えって」。それ特殊ですかね。そんな仕事あるんですかね、ないですよね。たぶん、それは、仕事が特殊なんじゃなくて、その人が特殊なんですね。

だから、僕も特殊人だったのかもしれませんが、無名人でもありました。

つまり、僕のことを知っている人は知っているけれど、大多数の人は知らない。そこで、やったことがあるんですね。どうやって、読んでもらうために何をやったか。それはですね、エッセイだけに限らず、文章を書く上で、非常に秘伝のタレなんです。もう大秘密で、これを言ってみんなが会得すると、文章を書く商売をしていくことができなくなるので、ホンマは言いたくないんですけど、ここまで追い詰められた以上は、自分で追い詰めているわけですけど、言わなしょうないから、言いますけど、これをやったら、誰でも、無名であろうが、なんであろうが、絶対におもしろい文章を書くことができるというコツがあるんです。

これは何かといったら、ひと言で言えるんです。これはですね、「本当のことを書くこと」なんです。本当の気持ちを、そのときどきの本当の気持ちを書くことなんです。「そんなん、普通ちゃうんか」と言うかもしれませんけど、実はね、これをやっている人は、ほとんどいないんですよ。文章がうまい人はいます。文章のうまさで読ませる人はたくさんいます。でも、そのときどきの本当の気持ちとか、本当に思ったこととか、本当に考えたことを、自分が本当に――というのは、本当に頭の中で浮かんでいたこと、これをそのまま書いている人、加工はします、文章の技術は使います、ただ、その気持ちをダイレクトに書いている人っていうのは、ほとんどいないんですよ。でも、たまにいるんですね、たまにいると、そういう人の書いた文章を読むと、メチャメチャおもろいんです。西村賢太の小説が、なぜ、おもろいか。ホンマに書いているからです、思うたことを。これがおもしろいんです。

おもしろくない、不愉快だと思う人もいるかもしれませんけど、そこは技術が大事なんです。技術でそれをおもしろく書くことができる。でも、技術なんいうのは簡単に勉強できて、数やっていれば誰だってうまくなりますから。大事なのは、やっぱり、本当の気持ちを書くことなんですね。これをやると、誰でもおもしろい文章を書ける。人間の考えていることなんて、だいたい変なんで、普通のことって、あんまり考えていない。では、「その普通ってなんやねん」といったら、その普通ということに阻まれて、本当に考えていることを書けないわけです。人間が本当のこと、変なことを考えていて出せない理由は二つあります。

一つは、さっき言った、文章の自意識。なんか、カッコええことを書かなあかんからとか、いざ文章を書くとなると、ええ感じにせなあかんなという、そのことに阻まれて書けないんです。それともう一つ、なんの自意識に阻まれているかというと、普通という意識です。これが普通で、俺の考えていることは変なことやと、「こんなことを言ったら、俺は社会的に生きていけない。抹殺される」と思ってしまうこと。そこまで行かなくても、「カッコ悪いかもしれない」とか、「これを言ってしまったら、俺は終わる」という恐怖。それに阻まれて、せっかく、本当に考えているおもしろい、変なことが書けないんです。

本当のことを書くと、エッセイが必ずおもしろくなるんです。でも、自分の文章的な自意識と、普通という、社会とか世間の自意識みたいなものを勝手に意識して、勝手に意味なく忖度《そんたく》して、そこにたどり着けない。自分の本当にたどり着けないんです。だから、自分の本当を書くためには、そこにたどり着く必要があるんです。

ばまり込んだら、おもろくない

じゃあ、随筆で何を最初に書いたのかという話をします。最初に頼まれたのは、昔「シティロード」という雑誌がありまして、そこに「日記を書いてください」と言われたんですね。でも、日記なんておもしろいのかなと思って。「○月○日　今日はどこそこへ行ってタニシを食べた。まずかった」「○月○日　今日はどこそこへ行って沢ガニを捕まえた。恐ろしかった」「○月○日　今日は一日家で寝ていた。つまらなかった」。これ、おもしろいですかね、無名人ですよ。

それで、「原稿用紙五枚で書いてください」と言われたんです。原稿用紙五枚というのは、多いほうなのか、少ないほうなのか、とにかくそれぐらいの文章を、月一とか週一で書くというのは、非常に練習になるんですけど、日記にしなかったんですね。つまり、○月○日のことを五枚全部使って、日記というよりは随筆みたいなかたちで書いたんです。さっき言うたように、それは、素で、町田で書いているんやけど、どこそこへ行ってなんとかで終わるんじゃなくて、なんにもない日のことをそのまま書くというようなことをやっていたんですね。それはですね、いい練習になりましたね。普通の日ですから、トピックはなんにもないわけですよ。だから、いきおい、自分がそのとき何を思ったか。それはね、なんか思っているんですけど、その思っていることが変なんです。普通では言わない、社会には出てこないこと、「そんなことをいちいち人に言わないよな」というようなことを、やっぱり、思っているわけですね。言うて波風立つことも思っているし、立たないことも思っている。でも、どっちもおもしろい。

たとえば、人と会いますよね。そうすると、今、そこで起きている要点に話がいきますけど、人間って、もっと全体的にいろいろなものを見ていますよね。要点に絞られたこと以外のことも見ていて、でも、それは、自分の中でノイズとして消去してしまっているけれど、実は、いろんなことを五感で感じていると。そのことは、やっぱり、変なことなんですね。一対一の用談でも、本当に思っていたことやから、しょうがないやんけ、というようなことを書いて続けておりました。

それは一年以上続いたんですけど、最初、おもしろいか、おもしろくないか、わからなかった、自分で書いていて。自分ではおもしろいなと思っていたんですけど、「果たして、これ、人が読んでおもしろいのかな?」というのは思いました。それは、なぜかというと、そのコーナーは何ページかあったんですけど、横に五段ぐらいに分かれていて、五人ぐらいの人が書いていたんですけど、ほかの人とやっていることが違うんですね。だから、「これでええのかな?」と。今やったら、だいぶそんなことをやって長いですから、おもろいか、おもろくないか、わりと判断がつくんですけど、その頃はまだ、文章を頼まれて書いたはじめの頃ですから、おもろいかどうか、自分ではわからないという気持ちもあったんです。

ただ、今は判断がつくといっても、新しいことをやるときは、「これ、俺はおもろいねんけど、人が読んでおもろいのかな?」というのは常に思いますね。なぜかと言ったら、それは人がやっていないことをやっているから。手触りというか、感触が違う。

でも、大事なのは、そこだと思いますね。なぜなら、これはざっとした直感で、こんなことを言うと怒られるかもしれませんが、世に出ている随筆の九割がおもろないんですよ。もちろん、その人に興味があって読んだらおもしろいです。たとえば、なんかのお芝居に出ていたその人を見て「好きやな」と思いました。「この人、普段、どんなこと考えてはるんやろう。普段、何してはんやろう」と思って読んだら、その随筆はおもしろいです。ただ、なんの興味もなしに、その人も知らんと、無名の人と思って読んだら、おもろないですよ。九割どころか九割五分おもろないかもしれません。それに似ていたら、おもろないでしょう。

だから、「似てない」という不安を感じるということは、たぶん、おもろいということなんです。おもろいことをやるってことは、まず、そこに「おもろいのかな?」という、なんかの不安というか、疑問がないと。なぜなら、自分もそれをはじめて見るから。それぐらいじゃないと、随筆はおもろならんと思います。これはちょっと厳しいことを言いましたけど。「どっかでこんな感じのタッチってあるよね」という、既成のフォーマットの中にはまり込んでいるということは、中身の考え方も「普通」という考え方にはまり込んでいるわけですから。「はまり込んでいる」と今言いましたでしょう。これを僕は「ばまり込んでる」と、濁りたいんですね。自分の中に。「ばまり込んでるねん」と言うたら、「はあ?」と思われる。「はあ?」と言われたときのその感じね。こういうことを書くとおもしろいです。なぜ、自分が、「ばまり込んでるねん」と言うのか。これが随筆なんです。

「本当」にたどり着くためにすべきこと

ここでやめてもいいんですけど、「自分の本当にどうやったらたどり着くのか」という話をまだしていませんでした。「そんなん、できへんわ。どうやったらたどり着くの?」ということだと思うので、そのたどり着き方について。やっぱり、自意識は強烈ですから、社会の自意識、世間の自意識というのは特に強烈ですから。そこに本当にたどり着くためにはどうしたらいいのか。実は、そこに自分を運んでいってくれるものがあるんです。

話が循環しますが、自意識を取り払った文章、文章そのもの——これを丸谷才一なら「呪術的」と言うかもしれませんが、呪術的な文章の力によって、その文章という船に乗れば、自分が考えている変なことに突き当たる水路、海流に乗れるかもしれない。こういうことがあるわけです。

そのために、文章を書くためには、文章を書くときのカッコつけの自意識を外すことをしなければならない。まず、一度外すと文章の自意識がなくなります。そうすると、文章を書くことが楽しくなって、スルスルと文章の推進力によって、言葉を書き進めていくことができます。その、言葉を書き進めていく推進力に従ってどんどん進んでいくと、自分が本当に考えている変なことにたどり着くかもしれない。その、自分が本当に考えている変なことが、実は、何を必要とするかというと、それを気持ちよく提出するためには、文章の技術を必要とする。その文章の技術を得るためには、自分の文章の自意識を取り払わなければならない。そして、また最初のところに戻るわけですが、もう一度、そこにたどり着いたときには、今度はさらに、もう一層下の自意識――自意識も一度取り外したら終わりじゃないですから、さらにもっと深く、もっと大きく自意識が取り外されますから、もっと広がっていく。このことをどんどん繰り返していくことによって、おもしろい文章を書くことの秘儀に、呪術に到達できるわけです。

でもこれは、一度やったから永久にできるようになるということじゃなくて、また自意識が戻ってきたりとか、世間の良識、普通という呪縛、「俺、普通じゃないかも」という恐怖みたいなものが常に積もり続けていますから、これを続けるためには、日々文章を書くこと、一日も休まず書き続けるということが必要です。これをやることによって、自意識が取り払われ、自分の変さに到達することができる。

自分にとって、締め切りが毎週、毎月あるようなエッセイを継続的に書くということは、自分の変さにたどり着くための実践であると言うことができると思います。それでもやっぱり、自分でもこう言いながら、自分の変さにたどり着けないというところは、おそらくまだあるんだと思います。それから、文章のカッコつけもまだまだあるんだと思います。それを自ら、日々、取り外すために随筆を書いているわけです。

随筆も、ずっとやっていると、「こうやると、おもろいんやろうな」とか、コツみたいなこともだんだんわかってきますけれども、それに留まらず、どんどん先に進んで、おもしろい、変な文章、普通じゃないということを書いていくことによって、おもしろくなった。こういうことになるんだと思うんです。つまり、おもしろいというのは本当のことだと。本当のことにたどり着くためには、上記のようなことをせねばならないと。そういうようなことが、私にとっての随筆であり、物書きとして、文章を書き始めてから何十年かなりますけど、忘れましたけど、そういう日々の積み重ね、実践だったということを申し上げて、エッセイについての話は終わりにしたいと思います。

第十回　なぜ古典に惹かれるか――言葉でつながるよろこび

昔の「もの」が好きやった

今回は、「古典へのまなざし　古典の魅力について」ですね。

人間が、なんで映画を観たり、小説を読んだり、話を聞いたりするのか、その突破力と言いますか、最初の力というのは何かというと、「なんでやねん」という話です。ミステリーなんかでもそうですよね。いきなり人がバンと殺されたら、「なんでやねん。なんで、この人、殺されたん?」と言って、歩み始める。最初の力はそこに生まれているわけです。

それを裏切ったのが『大菩薩峠《だいぼさつとうげ》』という小説で、いきなり、巡礼の親子が侍にボーンと斬り殺されて。「なんでやねん」いうたら、意味がないというところから始まって。それもそれで「なんでやねん」ですが、これの真似というか、オマージュというかしたのが『パンク侍、斬られて候』で、いきなり巡礼が斬り殺される。今回も「なんでやねん」というところから話を始めたいと思うんです。

なんで、自分は古典をやっているか。古典をやるというのは、古典の翻訳をやったり、翻案をやったり、古典を題材に新しい小説をつくったりということですけども、「なんでやねん」。それはですね、この講座は「小さいとき、どんな本を読んでいましたんや」というところから始めましたけれども、まず一つあるのは、「私の文学史」ですから、根底から言いますと、そもそも、子どものときから、「昔のもんが好きだった」というのがあるんですね。そもそも好きやった。いろんな子どもがいますよね。虫が好きな子どもとか、歌が好きな子どもとか、運動が好きな子どもとか、絵を描くのが好きな子どもとか。なんか、えらいおとなしいなと思ったら、じっと絵を描いているとか、そんなのありますよね。そういう意味で言うと、昔のもんが好きやったという子どもでした。そういうところから始まっているのかなと思います。

それで、昔のもんってなんやろうという話なんですけど、それは、昔の「もの」ですね。つまり、昔の歴史の勉強をすることとか、昔の本を読むこととか、昔の「こと」じゃなくて。第一回で話をした、日本の歴史の物語を読んでいたというのもあるとは思うんですけど、それと同時に、昔の「もの」が好きだった。昔の「もの」ってなんやねん、と言うたら「古銭《こせん》」。切手集めとかありますよね、それと同じような感じで、古銭集め。別に集めているわけじゃないんですけど、その頃、なんでか知らんけど、祖父母の家とか行くと、なんか、古銭ってあったんです。

でね、こんなん言うても信じてもらえませんでしょうけど、これは嘘やないですからね。小説家なので嘘やないと、言えば言うほど嘘くさくなってくるんで、焦りを覚えているんですけど、これは嘘やないんですが、僕が子どもの頃は歩いていたら、道にね、古銭とかかなり落ちていたんですよ、ホンマに。それが一回や二回じゃなくて、けっこう古銭を拾ったんですよ。あの辺に、古銭マニアで、うかつな人が住んでいたんでしょうかね、けっこう拾って。子ども心に、拾うぐらいやからたいした古銭やないやろうなという感じがあって、そんな大事にはしていなかったんですけど、たぶん、本物やったと思うんです。それで、友達にあげたりして。友達にあげるぐらい拾っていたんです。嘘やなくて、ホンマの話ですからね。

あと、母方の祖父で、僕が小学校のときに亡くなりましたけど、兵隊に行っていたんですね。当時の言い方で言うと、支那大陸。どの辺に行っていたのか、子どもだったので知りませんでしたけど、兵隊に行って、たぶん、持って帰ってきたんでしょうね。墨とか、巻物みたいなものがあるんですよ。巻物というだけで、古いものが好きやから、「巻物や！　見せて」と言うて、巻物を広げていくと、絵とか漢詩みたいのが書いてあって。それとやっぱり古銭、銅貨みたいなやつをもらったりもしました。

それから、仏像。仏像を実際に観に行くというか、教科書なんかに、そういう写真、釈迦三尊像やとか、薬師三尊像やとか、あるいは、鑑真和上《がんじんわじょう》とか、行基《ぎょうき》菩薩とか、そんなん載っていますよね。そんなものを絵に描くのが好きやったんです。だから、古いものが、そもそも好きやった。なんでそんな好きやったかというと、なんか、惹かれるものがあったんでしょうね。子ども心に、昔のものが尊い、「昔は尊いんだ」と認識していたんだと思います。

昔は、尊い？ 尊くない？

ところが、だんだん大きくなって、中学、高校になっていくと、それとは違うことを教えられてくるわけです、学校や世の中、いろんなところで。何を教えられてくるかというと、「昔は尊《とうと》ないよ」ということです。どういうことかというと、「人間、人類というのは、だんだん進歩発展していくもんやねんと。だんだん、ようなっていっている、昔は野蛮やねん。昔の時代は、もうあかんねんな。人の意識も低いから、法律も整備されていないから、昔の民百姓はどえらい目に遭《お》うとった、もう、地獄やったと。でも今は、時代は進んで、みんな賢《かしこ》なって、ええ時代になっていって、これから先、生きていったら、もっとええ時代になるんやで」ということを教えられた。ということは、昔は尊ないんちゃうんか、みたいな話ですよね。

そこで、「あれ？　そやったん？」と思ったんですね。たしかに、人間が昔は愚かで、だんだん賢くなっていくと信じてはいたんです。そうすると、歴史の物語の読み方も変わってくるわけですよね。「ああ、昔のやつはアホやな」という見方。「昔のやつはアホやからこんなことをしていたんやな」という風に見方が偏《かたよ》るんですね。歴史を見るときも、なんか、上から見るというか、昔は尊くないんだよという考え方に、だんだん変わっていくわけです。でも、そういうふうに信じていても、なんか、どっかに違和感みたいなのがあるわけですよね。

「人類は進歩発展していくんやで」というのがピークに達したのはですね、これは子ども心に感じていたことですから、当時大人やった人に聞いたら、「いや、そんなことはないよ」と言われるかもしれないけど、たぶん十歳ぐらいのときですね。僕が十歳の一九七二年ぐらいに、だんだん、どんどん人間は賢なっていくよという感じがピークに達したんです。そのときに何があったかというと、万博というのが一九七〇年にあったんですよ。万博があって、「人類の進歩と調和やで」「世界の国からこんにちはやで」というて三波春夫が歌うていて、進歩発展かという感じやった。

それで、万博が終わって少し経ったら、急に世の中のムードがガラッと変わって、終末論が流行りだしたんです。ノストラダムスとか、そんなのが流行りだして、「この世は終わるで、あかんで」と、急激にそこから変わって、「あれ？　進歩発展は？」と。何を見ても終末の合図みたいになって、ガーッと赤とんぼが飛んでいくのを見て、「これ、世の中の滅びの合図やねん」とか、そんなことがあったんです。それがブームなんですけど、自分の中には本能的に、人間が昔はアホで、だんだん賢なっていっているという考え方に、何か違和感があったんですよ。

見方として一つあったのが、歴史の本とかを読んでいてもこれは歴史の話ですから、僕はあまり詳しいことはわかりませんし、こういう場で深くは言えませんけど、たとえば、戦争がありますよね。いわゆる、日米戦争といいますか、太平洋戦争といいますか、その戦争で敗戦して、そこで変わったと。そこからガラッと変わって民主主義の世の中になった。憲法も、大日本帝国憲法から日本国憲法に変わって、社会が革命的に変わったという見方があるようなことを、書いてはいないんですけど——僕が読んでいたのは物語ですから、ただ、現代に近いところの物語を読むと、いろいろな考え方があって、いろいろな立場がありますから、かなり曖昧にぼやかして書いてある。

ぼやかして書いてある中でも、昔の帝国憲法のときは人権は軽視されて、今の戦後の日本国憲法ほど守られていなかったという書き方ならいいんだけど、その時代の人たちは、人権的に非常に抑圧されて、ひどい扱いの生活を余儀なくされていた、みたいなことが書いてあったんですね。「そうなんかな」と思いますよね。子どもやから、書いてあったら素直にそうかと思うかもしれませんけど、ちょっとおかしいなという違和感があったんですね。自分の祖母を見ていたら、呑気《のんき》で、そんな、地獄を見てきたような人に見えないし。「この人の若いときは、地獄やったんかな」とか思いながらも、自分との隔《へだ》たりというんですかね、地獄にいた人って、やっぱりどこかちょっと変わった雰囲気があると思うんですけど、別に普通の人で、自分の祖母ですし。教わることと自分が感じることの隔たりに「なんか、おかしいな」と思いながらも、それを突き詰めることもせず、そういう考えを抱いたまま、十九、二十歳《はたち》になっていくわけですね。

そして、その過程の中で一つのことが起きます。それは、そういう違和感が根底にあったことで、自分の中に一つの性格、人格というものが形成されていったんです。つまり、「人間はどんどん進歩発展していくで」と本気で思っている一方で、「なんか、おかしいな」と、心の奥底では感覚的に思っている。昔からの古いもん好きとか、昔は尊いと思っている心がせめぎ合う中で、そのせめぎ合いを一つの解決する方法として、思想で解決するんじゃなくて、自分の人格でそれを解決したんです。

「偏屈」を貫いて見えたもの

どういうふうに解決したかといったら、「偏屈」。偏屈なやつになろうと思ってなったんじゃないですよ、自然になっていったんです。偏屈になるということによって、それを解決していったんですね。偏屈って何かというたら、流行が嫌いであるということなんです。偏屈性。だから、こんなことを言うてもしょうがないんですけど――「そんなら、言うな！」というのは余興ですが、小学校、中学校ぐらいですかね、男の子の間で、スーパーカーブームというのがあったんです。同級生はみんな浮かれて、「スーパーカーや！」とか言って、ときどき、停まっている車の車種とかを、どこで覚えるのか知らんけど覚えて、ガーッと寄っていって、当時はスマホなんかないですけど、「うわあ、カッコええ」とか言って、凝視しているわけです。ところが、僕はそんなのにまったく、なんの興味も持てないんです、偏屈なんで。「アホちゃうか」としか思えない。

あるいは、アイドルとか、そういうのに夢中になっているのを見ても、なんとも思わない。ロックとか聴いて、「いいなあ」とか思っても、ファンにはならないんですね、偏屈なんで。今から考えたら、そいつらがどうしょうもないバカということを内心で、もしかしたらわかっていたかも、見破ったのかもしれませんけど、どうしょうもないバカとは理屈で思っていなかったけど、偏屈なんで、直感的に興味がなかったというところがあったと思うんです。

それって何かと言ったら、熱狂の嘘くささですね。あと、現在というものに対する興味のなさ、それから、現実の人間の欲望が関与して、その影響下にあって、自分も熱狂することに対する反発みたいな、そういうのがあったんですね。だから、何とかブームとか、流行りものに関しては、常に一貫して、もう流行っているという理由だけで、別に流行っているから駄目と自分で決めつけるまでもなく、もう「いややな」と思ってしまうという。これは、ひと言でいうと「偏屈」ということなんですね。だから、偏屈なやつを見ると、皆さんは、「偏屈なやつやな」と思って、差別迫害されますけれども、偏屈の中で何が起こっているのかは今説明しましたから、偏屈を見ても、「実はあれはね——」と思って接してください、ということなんですけどね。

結局、先へ先へと時代が進んでいく現在に対する興味のなさ、ある種の虚《むな》しさみたいなものを感じていたときに、自分は二十四、二十五、二十六、二十七、二十八と、順番に年を取ってきたんです、当たり前の話ですけど。そんなときに何があったかといったら、経済はバブルの時代になりまして。それと同時に、バンドブームというのが起こりまして。バンドが、それまでは、偏屈に暗がりでやっていたやつらが、テレビ番組をきっかけに、明るいお茶の間に進出していくというような時代になったんですが、それも偏屈なんで、ものすごくいやでした。

そういうことがあったときに、世の中に背を向け、自分は何をしていたか。ここが古典への入口やったんですが、古典を読んだわけじゃなくて、そのときテレビで、時代劇を観ていたんですね。時代劇というのは、別にそんな、「何がおもしろいの」って感じやったんですけど、テレビ時代劇というのが大量に作られた時代があって、そのテレビ時代劇の再放送をやっていて、朝から順番に観ていくと、ずっと切れ目なく、夕方の五時ぐらいまで観られたんです。つまり、ずっと家にいるんです。今やったら、「時代劇チャンネル」とか、そういうのがありますから、自分で好き好んで時代劇を観にいくと思うんですけど、そういうことじゃないんですね。もっと駄目です。この駄目さ、わかります？　受動的に時代劇を一日中観ている。クズ中のクズですよね。

その時代劇を観ていることによって、現実に起こっていることから目を背けて、昔のことに退行していくというか、逃げ込んでいくというか、そういうことをやっていたんですね。そうすると、なんかそのときに、もともとの、自分の持っている「古いものが好き」という気質と、時代劇というもの——あれはフィクションで、史実とかではなくて、演劇としてあるものですから、何もかもが歴史ではないんですが、昔の情緒の部分を感じ取れるものを、ずっと見ていたいという気持ちになったんですね。

ただ、そうしていると、だんだん空虚になっていきますよね。なんで、空虚になるのか。二つあります。時代劇といっても、しょせん現代の価値観で作っているものもありますし、時代劇だから何でもいいというわけではなく、テレビですから、いい回もあるし、つまらん回もある。そうすると、「これ、何をやっとるんや、俺は」という風に思いますね。そうすると、「これ、なんなんかな?」と、今度はそこで、たとえば、「時代考証はこうやっていますよ」という本を読んだりできる。それが一つです。つまり、何をやっているのかなと思って、「これ、やっているのはなんなんやろう」と、本を読んでもう一回確認する。

もう一つは、五時になったら時代劇が終わりますよね。そうしたら、「特攻野郎Aチーム」になります。そうすると、それも一応観るけど、やはり時代劇のほうがいいから、そういう本を読む。たとえば、岡本綺堂《きどう》の『半七捕物帳《はんしちとりものちょう》』とか、そういうものを読んだりして、その時代感をキープしようとする。あるいは、口調とかに刺激を受けて、和服を着ている人がしゃべっているのを見たいと思ったときは、落語を聴くとか。

そういうようなことから、もう一回、昔というものが好きになっていったんです。「昔は尊い」と思っていたのが、「昔はアホや」と思うようになって、偏屈の自分にとって今がものすごく醜悪なものになったときに、もう一回昔を見てみると、もしかしたら、今が間違っていて、昔が尊いのかもしれないという、もともとの考えに戻ることができた。だから、「偏屈」というのは作動しているんですね。「昔はアホや」という考えへの違和感から始まったことが、そうやって耽溺《たんでき》している昔のもの、浅薄ではあるけれども昔のものに触れていくうちに、「昔のものが好きだ」という、本来の自分の考え方を積極的に肯定できるようになってきたんです。

古典を知る最大のメリット

そうしたことは、自分がそのときやっていた音楽とかにも少しは関係してくるんですが、そこは今飛ばして話しますと、自分がいざ物書きになって、古典の作品を手がけるようになったときに、やっぱり入っていきやすいんですね。たとえば、自分は昔にいるわけですから、遠かったはずのもの、昔の尊いところに接近できていっている感じがあったんです。昔と今との間には、言葉の隔てとか、習慣の隔てとか、考え方の隔てとか、いろんな隔てがあって、それは、明治維新とか、日本の敗戦とか、もっと細かい、いろんな区切りがあったと思うんですけど、そういうのを取っ払って、「今が尊い、昔はアホや」という考え方を外して、昔に接近していくようになって。それがしかも、自分で手を動かして現代の言葉にして、古典の翻訳をする、あるいは、翻案する、あるいは、それをもとに物語を作るということを始めたときに、一段と古典の魅力を感じるようになったんです。ここまでの話が、なぜ古典に接近していったかという、「なんでやねん」の部分の説明になるわけでございます。

それで、じゃあ、接近してどうなったか。一つ、そこから始まって、古典のことをやって、何かええことがあったんかと。これも、わりと訊かれることとです。「なんでやねん」というのが人間の興味関心、あるいは、ストーリーを前へ進める、話を聞くときの、一つの、終わらないための力ということですが、今度、「それで、いったいなんのメリットがあるんや」ということも、最近は訊かれるようになりました。「別にメリットなんかないわ。そんな、おもろかったらそれでええやんけ、ぼけっ」と言いたいんですけど、でも、メリットはなくはないんです。

あるメリットを隠す必要はないんで、申し上げますと、やっぱり、一つあるんですけど、熱狂ですね。つまり、流行、流行りものの熱狂とか、現実の熱狂というのがありますね。現実に対する、人間がする熱狂。これから身を遠ざけることができます。熱狂の嘘くささとか、熱狂の欺瞞とか。たとえば、熱狂しているとき、そのさなかには、自分がなんでこれに熱狂しているのかというのはわからないですよね。ただ熱狂しているだけ。でも、醒めてみたら、自分がなんであんなものに熱狂していたのかというのは考えられますよね。そうなってみると、それがわかること自体が、自分としてよかったと思えるか、思えないかということですけど、僕は思えると思う派なんです。熱狂しているほうが幸せだと思う派もあるかもしれない。何も考えずに熱狂しているほうが幸せやんけと思う派もあるかもしれないけど、派というのは、人としての「たち」かもしれないですが、あるかもしれないけれど、僕は、熱狂のさなかにあるというのは、人間として不幸なことやと思うんですね。

僕は、少なくとも、これを熱狂というのか麻痺というのかは措くとして、飲酒の熱狂の中にいるときはわからなかった飲酒のメカニズムがわかる、今のほうがいいなと思う派なんですね。そういう意味では、熱狂というものからは距離を遠ざけたほうが、人間は幸せだと思うたちなんですが、そういう意味で、熱狂から身を遠ざけることができる。それが古典の得の一つである。現代の熱狂から遠くにある、流行りものの熱狂の嘘くささから遠くにあること。

それはどういうことかといったら、もしかしたら、これはもう一歩先の話なんですけど、たとえば、「現代の常識から遠くにあるのか」というのも一つの得かもしれないです。要するに、人間は一つの普遍的な価値観で動いていますよと。「こんなこと、やったら、あかん」「当たり前やんな、みんな、そう思っているやんな」というのは、どの時代もみんな、そう思ったんです。百年前も五百年前も、八百年前も。その時代に生きている人は「当たり前やんけ、常識やんけ」と、みんな、思っていたわけです。それで、その時代を生きていたわけです。

でも、その「当たり前やんけ、常識やんけ」ということが、何からか見て間違っているか、それはわからないけれど、今の自分らから見たら、「え？　なんでそんなことが、みんな、常識やったのか、当たり前やったのか」と思うことも、これはあるわけです。それを単に因習として、あるいは、「昔の人間はバカだったからあんなことを常識だと思っていたんだ」と思うのか、それとも、いまの僕らの考えている常識のほうが、より、もしかしたら変かもしれんと思うかというたら、たぶん、今の自分が常識と思っていることは、変とは絶対思えないんですね。なぜなら、今、生きているから、常識だから、みんな、そう思っているし、それと外れたことをやったら頭がおかしいやつだと思われて、差別迫害されて、社会から葬られると思ったら、思えないです。疑おうと思うことすら、思えないんです。でも、現代から遠いところに自分がいると、熱狂から解毒されると同時に、常識からも解毒される。

じゃあ、「それ、どこから見てるの?」って話ですが、神様ですか、違いますね。それは、人間というものがどういう生き物か。人間って、どういうことを考えているのか。「人間って、そもそもなんや?」みたいなところから、常識とか熱狂の毒を解毒して、「人間って、そもそもなんや?」というところを考えられる。こういうのが最大の古典の一得であるということを、「なぜ、惹かれるのか」の問いに加えて、「なんのメリットがあるのか」という問いに対する答えである、と最後に申し上げてこの回を終わります。

第十一回　古典の現代語訳に挑む

「あるはずや」から翻訳は始まる

今回は「古典へのまなざし　現代語訳に挑む」ということで、現代語訳の話を始めたいと思います。現代語訳と言うても、いろんなやり方があるのでしょうけど、翻訳ですね、現代の言葉に翻訳する。今の言葉は、昔の言葉が変化しているから、現代の人にもわかりやすいように翻訳すると言えばそれまでなんですけど、これが、翻訳なのか、創作なのかというのはありますね。外国の文学を日本語にする人に話をときどき聞いてみても、「どこまでやるんやろう」というのはわりとあるみたいです。じゃあ、自分の場合はどうやっているか。「ここまでは創作やで。ここまでは翻訳やで」みたいな話とか、実際にどういうふうに訳をやっているのかという、作業、手順なども話したいと思います。

皆さんがよく読んでくださっているのは、今日持ってきましたけど、河出書房新社の「日本文学全集」の第八巻に入っている『宇治拾遺《しゅうい》物語』の訳とか。あるいは、これも河出ですけど、『ギケイキ』という、室町時代に成立した源義経の物語をやっているというふうに、読んでくださっている方がいるかと思いますが、実はその前にも、ちょこちょこ翻訳みたいなことはやっていまして。たとえば、グリム童話の『猫とねずみのともぐらし』というのがあるんですけど、これをやれと言われまして、ではやりましょうかということでやりました。

その『猫とねずみのともぐらし』というのをやれと言われたときのことは、はっきり覚えてません。もしかしたら、自分で「これをやりたいです」と言ってやったのか。グリム童話は、有名な話がいっぱいありますけども、この話はあまり知られてなくて、僕もはじめて見たし、知らない人も多いのかなと思いますが、「どないすんねん、これ」みたいな話だったんです。

どんな話かというと、猫がいましたと、ねずみがいましたと、一緒に暮らしていましたと。一緒に暮らしていて、冬の間は食べ物がないから、食料として油をどこかにためとこやないかい、という話になって、教会の祭壇の下に油をためていたと。教会の祭壇の下っていうところがミソなんですけれども、そうしたら、冬になる前に、猫が我慢できなくなって、それを一人で食べてしまって、もうなくなってしまったと。それで、ねずみが激怒して、「お前は、二人で共同出資して、猫とねずみのものとして、二人のものとしてためておいて、教会の祭壇の下に置いておいた油を食べて、あかんやないか」と言うたら、猫はどうしたか。「困ったな」と言って、困り果てて。どうしたかといったら、「そうか」と言って、ねずみを食い殺したと、そういう話なんですね。

これは、道徳的にも受け入れ難いですよね。そのオチとして、たとえば『宇治拾遺物語』とか、僕らが子どものときに読んでいた、いわゆる、おとぎ話だったら、その結果、猫は神様にひどい目に遭わされましたと、「そんなん、したらあきませんよ」みたいな話だったら、まだ理解できるんですけど、ないんです。そこで終わっているんです。「これは、どないしたらええの？」みたいになって、ちょっと違う話にしたんですけれども。

でも、訳し終わったあとに、やっぱり、わかったことがあるんですね。それってどうですか？　前回の、「昔の人はアホで、わけわからんから、そんな話を書くんやね」と一瞬思いませんでした？　童話やし、現代の作家やったら、そんな無茶は書けへんけど、「昔の人は野蛮やから、こんな話を書くよね」と思って、納得しようとしませんでした？　僕も最初はそうやったんですよ。「昔やから、野蛮やから、こんなふうに書いていたんやな。昔の人ってわからんよね、アホやね」というふうに思うと、もうそこから進まないんですね。そうじゃなくて、これは今の人間が聞いても理解できる、納得できる、「こうなるよね、そりゃ」という、人間として腑に落ちる何かが絶対にあるはずやと。わからん言葉をやるというのは、つまり、翻訳というのは、あるかないかは別として、「あるはずや」と考えるところから始まるんだなと思いました。

どういうことかといったら、「これ、わからんからわからんね」というのじゃなくて、「わからんからこそ、なんかあるよね」と考えて、それを探す。山に迷い込みましたと。「ここ、道はないよね。こんなところ、人は通っていないよね」と思うんじゃなくて、「いや、絶対、誰か一回は通ったはずや」と思いながら通ると、うっすら道が見えてくる、そんな感じなんですね。だから、アホやからとか、昔やからとか思わんと、俺らでも納得できる何かがあるはずやと思うところから始めなあかんねんなというのが、この『猫とねずみのともぐらし』をやってから思ったことなんです。

『猫とねずみのともぐらし』の真意

でも、これを翻訳したときは、まだそこまでに至っていなくて、自分は別の話にしたんですね。そこまでわかっていたら、また違う話にしたと思うんですけど、その時点ではさっぱりわからなかったので、全然違うことの納得感をつくったんですけども、それはどうでもいい話なので、今は言いません。これを作ったときは、まだそこまで至っていなかったけど、やってみて、「なんやったのやろうな」というふうに考えているうちに、一見意味が通らないとか、「おかしいな」と思うことの中に、何か筋道があるはずやということが見えてくることも、最後まで全然見えへんこともあるんですね。

だから、翻訳家の人たちが出している、海外文学を紹介する「BOOKMARK」という冊子があって、そこに短いエッセイを書いてくれと言われたときに、そういうことを書いたんです。そのとき書いたのは、これも子どものときに読んだ『物語日本史』に出てきた話ですけど、『蘭学事始《らんがくことはじめ》』といって、杉田玄白《げんぱく》やら、前野良沢《りょうたく》やらが、オランダの医学書を一生懸命翻訳したという話です。小塚原《こづかはら》で腑分《ふわ》けがおこなわれていて、はじめて人体の中を見にいった、図面と照らし合わせて「これだ、これだ」と言ったみたいな話なんですけども、その『蘭学事始』の中で、どうやってオランダ語を日本語にしたかという話が書いてあって、子ども心に「そうなん！」と思ったことがあったんです。それは何かというと、その話を小冊子の前書きに書いたんですけど、「気合い」とあったんですね。気合い、最後は気合い。考えても考えても、どうしてもわからないときは、気合いでわかると。

なんかね、そのときに「鼻」というのがわからんかったんです。杉田玄白やらが、「わからん、わからん」と言うて悩んだ末に、気合いで、「鼻や！」とわかる瞬間があったと。たしか、「フルヘッヘンド（うず高い）」。そういう、気合いというのがある。子どものときに読んだときは、「ええ？」と思ったけど、気合いでわかるときがあるなと。

たとえば、『古事記』なんて、なんのこっちゃわからんものを、江戸時代の人たち、賀《か》茂真淵《もまぶち》やら、本居宣長《もとおりのりなが》やら、ああいう人が読んで、意味のわかるものにしたと聞いたことがありますけど、今でも、偉い学者さんが『古事記』を読んでいても、やっぱり、「これはなんなの?」と思うときがありますよね。「間違いちゃう?」と思うときがありますでしょう、人間は手で写しているわけやから。「これって、この字が似ているから、いろいろ写されていく間に変わったんちゃう?」とか「そう読むと意味が通るよね」とか。これは誘惑ですけれど、そうすると原典を自分の論理に従わせることになるじゃないですか。「それって、どうなん?」「あかんのちゃう?」という誘惑との戦いになる。嘘かホンマかわかりませんけど、たちが悪いことに、ホンマに間違えていることもないとは言えないじゃないですか、書いた人もいてないわけやから。だから、本当に神のみぞ知るなわけで、自分との戦いなんですね。自分が神になってまう誘惑との戦い、ちゅうか。

それで、『猫とねずみのともぐらし』の話に戻ると、これは何を言うているのかというのを、あとで「ああ、そうだったのかな」と僕が思ったのは、やっぱり「宗教」でしょうね。教会の祭壇の下に隠したものを猫が食べて、ねずみが殺されたというのは、おそらく、信仰の違うものは同じところにいられませんよと言っているんだなと、僕は解釈しています。つまり、どっちが正しい宗教で、どっちが間違っている宗教ということではなくて、拝む神が違う者は一緒に住むと悲惨な結末になりますよというようなことを、これはわかりやすく書いているんだなと思いました。

そこに込められていることをわかること、それが翻訳の一番基本的なことで、素人が地形を見て進むことに似ているのかなと。「ここは誰も通ったことのない道やけども、どっかに道があるはずや」と思って、分け入っていくというようなことなのかなと、こういうふうに思うところであります。

「今は昔」の「今」はいつか？

それから、『宇治拾遺物語』の話なんですけど、『こぶとりじいさん』というのがあるんですね。『こぶとりじいさん』というのは、童話と、もとの『宇治拾遺物語』の話とでは、ちょっと違うんですけど、『宇治拾遺物語』をやり出したときは、野坂昭如《あきゆき》さんとか、もういろんな人が訳していますから、どうしようかなと思いながらも、わりと「やるぞ」という感じで取り組んだものなんですね。

「今は昔」と言うて始まるんですね。これの意味も、なんやねんと。「今は昔」と言うんですが、「今は――」と言ったら、みんな、今日、令和四年（二〇二二）の一月二十二日やと思いますね、「今は――」と言うたら、今、町田がしゃべっている今と思いますね。それが、「今は昔ですよ」だと、ここにいる今の町田はちゃいますよ、昔の町田ですよと。ピンと来ていないですね。つまり、なんと言うたらいいんですかね。この「今」、画面に映っている今は、今ですけど、見たらわかるでしょう、みんな、烏帽子《えぼし》かぶって、水干着《すいかん》ているでしょうと。「今は鎌倉時代ですよ」と、ナレーターが言うているわけです。だいぶわかってきましたね。これが「今は昔」です。

「右の頬に大きなこぶのあるおじいさんがいたという、今は昔」。「今は昔」と言って、字幕は消えたんです。で、おじいさんがおる。これです、これが「今は昔」。「今は昔」でえらい時間がかかっているんですけど、「今は未来」と言ったらSF。それと「今は昔」、そして「今は今」、三つあるわけですね。

だいたい、現代の小説は、「今は今」。今って、別に瞬間でなくて、今日、明日、だいたいここ十年とかを言わんとしてやりますから、「今は今」、現代のことです。「今は昔」は説話、この『こぶとりじいさん』です。「今」というのは、物語においては、どこにでも移すことができるという前提だと、訊きたくなるでしょう。「今っていつ？　あなた、おじいさんがおったと言うてるけど、今っていつ？　いつの今？　先の話？　昔の話？　今の話？　あなたが言うてる今はいつですか」と言われたときに、「今は昔」、こういうことなんです。この問いが最初にあっての、「今は昔」なんですね。

こういうことを考えながらやると、「置き換え」ということの意味がわかってくると思うんです。ズレがありますね。今、現代に訳すわけですから、「今は昔」と昔に書いていたのを、「ちょっと前の話だけどね」と書いたりするのは、そういうことです。でも、昔の人はそれを「今は昔」と表現して、スッと意味がわかったわけです。「今は昔なんだな」と。僕らは、「今は昔っていつの話よ？」となるじゃないですか。だから混乱する。この混乱を整理つけていくのが、この回の最初に言った、グリム童話のときに、「それってどういうことなの？　なんか、道があるんじゃないの？」と考えるという、この話なんですね。さりげなく言っているけど、「今は昔ってなんなの？」と。わりと単純な話なんですけど、この「今は昔」が最初に出てきますから、これをクリアしておかないと、まったく翻訳にもならないんですよ。この「今は昔」というのを自動的な言葉遣いとして、慣用句として処理してしまっていると、「昔、昔、あるところに」という、誰かが昔に一番に使った翻訳のやり方でやってしまうから、そのあとも言葉遣いが惰性でオートマチックになってしまう。

「置き換え」で生じるメリットとデメリット

それから、オートマチックな言葉で言うと、グリム童話だと、これもときどき言う話ですけど、『赤ずきんちゃん』って有名な話ですね。これは『猫とねずみのともぐらし』と違って、誰でも知っている話ですが、「赤ずきんちゃん」ってなんなんですかね。赤い色が好きな女の子？　赤好きの赤ずきんちゃん……違いますよね、「赤い頭巾《ずきん》をかぶった女の子」ですね。だから「赤ずきんちゃん」。今、「頭巾」って言います？　パーカー見て、「ああ、頭巾付いてんの」って、今、誰か言います？　言いませんでしょう。なんと言いますか？　「赤いフードの女の子」と言うでしょう。これを「赤ずきんちゃん」と言ってしまうというのは、「今は昔」と聞いたときに「昔、昔、あるところに」と、ずっと言っていることをそのまま、何も考えずに言ってしまうということ。「赤ずきんって、なんやねん」と思うことが、「あ、今、頭巾って言わへんよね、フードって言うよね」という、この置き換えですね。これが、現代語訳というやつなんです。

「頭巾」も、その昔、たぶん明治とかに翻訳をしたときは、みんなが「頭巾」と言っていたからそう言ったんだろうけど、今は「フード」と言っているから、それは変えたほうが伝わりますよね。どこぞの偏屈みたいに「なんでも日本語で言え」と言って、「頭巾」とかわざわざ言うアホもいてますけど、そんなアホに用はないという話です。

そういう意味で、置き換えること、そこによってわかっていく、道順。地形というか、道順というか、そういうものが見えてくる。「ここはこういう地形や。こっちは谷やな。こっちは稜線やな。ほな、こっちやな」「星があそこにあるから、こっちは北や」と、すべて進んでいく。そういう一つの座標というか、目印というか、わからん道を進んでいくときには、「今は昔」とか「頭巾」とか、そういう言葉をどういうふうに自分が置き換えるかという、自分の心の中、頭の中に問うことによって、進む道が少しずつ見えてくる。もちろん、「頭巾」や「今は昔」だけじゃなくて、ずっと言葉は続いているわけですから、しかも、そのほとんどが、今は使われていない言葉で、言い回しで描かれているわけですから、座標がいっぱいあるわけですね。置き換えることで道が見えてくる。自分でやったらなんと言うのか。

これって、翻訳だけじゃなくて、人が言うているのを聞いたりとか、本を読んでいるときとか、なんでもそうですけど、決定された一個しかない言葉ってないんですね。その人がそれをどういうふうに使っているかというのは、いつでも考えないと。共通で、絶対に疑いようのない言葉だけ使って、誰もそれを疑わないというものにしていくと、結局、何も言うていないのと一緒だし、何も聞いていないのと一緒やなということになってくるんです。だから、翻訳の話だけじゃなくて、現代文を書いたりとか、現代文を読んだりとか、あるいは、人の話を聞いたりするときも、これは当てはまることやなと私は思います。

それから、言葉から言葉をジャンプするとき、要するに、「頭巾」から「フード」にジャンプするときとか、「今は昔」から、今、昔の話を理解しようとするときに、一つのエネルギーと言いますか、立体性が生まれてきますね。上から見たのと、下から見たのと違うから。そのものの本質が、右から撮ったのと、左から撮ったのとは違うねということが生じてきます。そういう意味では、その違いをわざと際立たせるということもあります。

たとえば、この本（『名探偵登場！』）は、いろんな作家が探偵物をやっているんですけど、僕は、レイモンド・チャンドラーをやったんですね。チャンドラーをただ単にやってもおもしろないよねと思って、チャンドラーを三河町の半七でやったらどうなるかと。つまり、『半七捕物帳』という、岡本綺堂の有名な時代小説がありますが、あれはそもそもが、イギリスの探偵小説の翻案なんですね。それをもう一回、チャンドラーでやってみたら、二重にメチャクチャになっておもしろいかなと思って、やってみたんです。

それは、今言った、言葉を置き換えるみたいなところに生じる、一つのパワーみたいなもののおもしろさですが、そういうものが生まれてくる。言葉の移動ですね。さっきの、「今は昔」とか、「赤ずきんちゃん」だったら「頭巾」を「フード」という言葉の移動だけである種のおもしろさが生じるというのを、『半七捕物帳』とチャンドラーでやると。朗読したら、おもしろいかどうかちょっとわかりませんけど、ちょっと読んでみますね。これは、フィリップ・マーロウの声、できないんで、皆さんの脳内でフィリップ・マーロウの声にしてくださいね。

通常、あれだけ強く金属棒で首を打たれれば、どんな凶暴な奴でも一瞬でおとなしく素直になる。しかし昆布の福にとっては蚊がとまったようなものだった。福は片手で金属棒を払いのけ、次の瞬間には片手で私ののど頸をつかんで、ネックハンギングツリーの形で私を持ち上げた。私の後頭部が、リンテルのうえの、白い塗装しない板でできた祭壇にがんがんぶつかり、祭壇の酒を満たした小さなポットや細長い花瓶に挿した常緑樹の枝が倒れて床に落ちていった。猿の臭い匂いが鼻孔に充満した。

「げははは。喉っ首を折ろうか、それとも脳天を砕こうか。げははは」

猿が笑った。意識が遠のいて、ぐぎっ、という嫌な音が遠くで聞こえた。

「はなしなさい」という声がした。おそらく、神様の声なのだろう。私は藁のマットのうえに崩れ落ちた。私は咳をした。涙と鼻水と涎が噴出した。私は立ち上がろうと努力した。永代橋を独力で架橋するよりは易しそうに思えた。何度か失敗して、ようやっと肘をついて上体を起こすことに成功した。

よくやった、半七。お前はやればできる男だ。お前がその気になればボールペンだってへし折ることができる。ただ、相手は指先でティーカップを割ることができた。それを忘れていたのは迂闊だったな。

声のした方に目をやると、隣室との境、木枠に紙を貼った間仕切りのあたりに神様が立っていた。

神様は黒粒のような細かい文様が一面にある上質の絹で拵えた薄緑色の着物を着てストライプのゆったりとしたジャケットを羽織っていた。ジャケットの前の部分を緑色のひもで結んでいたが、そのひもだけで五十弗はしそうだった。


（『文久二年閏八月の怪異』）

こんな話なんですけど、どう思われますか。パッと読むと、レイモンド・チャンドラーですよね。あんまり上手な模写じゃないかもしれませんけど。

ところがですね、普通に読むと、「金属棒」というのはその場にあるんですけど、これは十手《じって》のことですね。それから、いろいろ細かいところはありますけど、「白い塗装しない板でできた祭壇」というのは神棚ですね。それから、「祭壇の酒を満たした小さなポットや細長い花瓶に挿した常緑樹の枝」というのは、御神酒《おみき》ですね、御神酒と榊《さかき》を神棚に供えているということを、こういうふうにやるおもしろさ。「これ、なんやろ?」というようなことも、やろうと思えばできると。

このとき、問題になってくるのが一つあるんですね。わざと狙ってやったことなんですけど。これは、ある人と話をしていて、その人も古典の翻訳もやる人なんですけれども、「あなたの翻訳には、そのときになかった物が出てくる」と。たとえば、有名な『こぶとりじいさん』の話で言いますと、各種カードとか、その当時はなかった物が出てくる。「それはどうなの?」というのは、その物を持ち込むことによって、なんの弊害があって、なんのメリットがあるかということなんです、つまり、そのときなかった物ですね、言葉じゃなくて。そのときなかった物を持ち込んで、今ある物で、そのときのその人が持っていた物を表現するとか、感情や考え方を表現するということによって得られるものは何かと言うたら、「わかりやすさ」ですね。「あ、なるほどね」と。要するに、赤い「頭巾」というのは、グリム童話の時代にはなくて、頭巾とも言わないわけですけど、今の人には、「頭巾」よりも「フード」と言ったほうが直感的にわかりますよね。だから、「フード」と言ったほうがわかりやすい、みんなに伝わりやすい、話が心に入りやすい。

でも、弊害もある。弊害は、その古典の情緒が失われるということです。だから、せっかく、そういうムードを生み出したいのに、その情緒がなくなる。じゃあ、果たしてその情緒が必要なのか、どうなのか。あるいは格調ですね。「古典は格調高く」というのが、「昔のものってアホなんやな」というのと同じように、「昔はアホや」と遠ざけておきながら、急に古典になると崇《あが》めるようなところが、なぜか人の考え方の中には矛盾なく同居しています。でも、その格調、あるいは情緒というものが、むしろ逆に、古典の中に住んでいる住人である人間に対する理解を、現代の立場から妨げているということも、これはあるんですね。

それから、今の立場から、あまりにも格調高くとか、厳《おごそ》かにとやってしまうと、格調高いと思っているのは現代に生きている自分ですから、そうすると、その価値って、もしかしたら格調ないかもしれないわけで、格調低いかもしれないじゃないですか。たとえば『宇治拾遺物語』なんかは、格調、激無なんです。ほぼ九割エログロで、残り一割はナンセンスみたいな、そんな話なんです。

だから、古典やから格調高い日本語でとやってしまうと、『宇治拾遺物語』がそもそも持っていた下品な迫力というものがなくなってしまいますよね。それって、一種の弊害があって、それは何かと言ったら、「こんなん、あかんよね」と、現代の価値観で読むこと、現代の価値観で書くことで、それってまったく意味がないし、何を言うているかわからんようになってくるし、逆に傲慢やと思うんです。つまり、現代の自分たちの意識でそれを読むというと、自分はほかのところにおって、昔のものを動かしていくことになるんですけど、今、生きている自分のほうが気持ちは動くじゃないですか。でも、書かれたのはその人の時代ですから、もう死んでいるわけですから、動かないわけです。それが文字の形に残っているわけですから、現代の価値観で、これを格調高くとか、これは物がないからあかんのや、というよりは、そのときに生きていた人の心を大事にして、あかんもんでも今に伝わるように書いて、むしろ逆に、価値観とか、意識とか、そういうものを沿わせていく。そのことをやるために、今の物を使うということのほうが、僕は、翻訳のやり方としてはおもしろいと。正しいとは言いませんけど、やり方として伝わりやすいのかなと。自分自身にも伝わりやすいし、人に読んでもらう場合でも伝わりやすいと、こういうふうに思っています。

このごろ僕らは、人間というのは飢えや疫病にずっと苦しんできましたけど、そんなのはもう克服したでしょうと思っていましたね。たしかに現代の、しかも日本に住んでいて、飢えに苦しむという人も中にはあり得るかもしれませんけど、たくさんの人が飢え死にしましたというようなことはないですね。その前に、行政の助けとか、いろいろありますから、一気に何十万という人が飢えて亡くなる「なんとかの飢饉《ききん》」みたいのはないです。

災害というのはあります。地震や火事というのはありますけど、飢えや疫病に関しては、なんか、克服したような気になっていたけれども、いざ、実際にコロナ禍になって。最近でこそみんな、こういうもんだなと、いろんなことがわかってきて、いろんな薬やワクチンが開発されて、普段からこういうことに気をつけていたらいいんだなと思うようになって、疫病に関しても惑いというのが、前に比べたら、だいぶ減ってきたなと僕は思っています。実際にはわかりませんけど、なんとなく、一個人としての体感としては、みんな、対処しているんだなというのはありました。

一時はやっぱり、なんかわからんときは、みんな、ものすごく怯《おび》えていましたね。その怯えというのは、昔の人とまったく何も変わらない。だから、昔とは全然違う時代を生きているんだなとは思っていますけど、心の動き、働きということで言うと、ちょっとのことで、ものすごく急に、一気に時代が何百年とか何千年前とかの人と同じことになるんだなというのは、深く思ったところです。そういうようなところにですね、最初に言っていたような、「現代の常識から距離を置く」ということは、心の平安、平静、正しい生き方のためには、とても役に立つのではないかと、メリットの意味では思います。

『ギケイキ』と『男の愛』——翻訳と創作の境目

それから『ギケイキ』なんですけど、『ギケイキ』の場合は、『宇治拾遺物語』より先に手がけていたんですけれども、これは翻案、創作です。『ギケイキ』にも元の話（『義経《ぎけい》記《き》』）がありますけど、『宇治拾遺物語』をやるときにはやっていないことをたくさんやっています。『宇治拾遺物語』でギリギリまで行ったところが一か所あって、それも『こぶとりじいさん』の話ですけれど、こぶとりじいさんが、こぶがなくなって、家に帰ってきたと。こぶがなくなって家に帰ってきたとき、うれしいわけですよ、コンプレックスやったから。ここにこぶがあって、そのせいで、いろいろ辛《つら》い思いをしていた。家に帰ってきて、おばあさんに、「見てくれ、こぶがなくなった」と。原典では、「ああ、そうですか」で終わるというか、そのおばあさんの反応は特に書かれていないんですが、そこで一個足したのが、おばあさんが、「ああ、そうですか」と、わりと冷静に言う。おじいさんはメッチャ喜んでいるのに。おばあさんが、心の中で、「私はあなたのこぶこそ、愛していました」と言うところは、原典にはないところなんですけど、これは、率直に申し上げて、反則です。翻訳としては、ここまでやったらあかんことです。あかんことだけど、やってしまったことは、非常に申し訳ないということを申し上げて、と言ったら、いつもアーティストスポークンでやってるお詫び芸になってしまいますから、言いませんが、これは反則です。

『ギケイキ』でもそれをやっているんです。そこから先の話です。そこで止めていたら翻訳、そこから先の内面の描写とか、こういう人やったということを書き入れていくと、現代の小説に近い創作になっています。『ギケイキ』は、そういう意味では、翻訳というよりは創作です。翻訳と創作の境目は、原典に書かれていない内面とか、そういうのがどれほど書かれているか。あるいは、「山へ入って行きました」と言ったときに、それはどこの山やったか、何県の何山やったか、明確に嘘ですから、そういうことを書くと、これは創作になります。とは言うものの、「やっぱり、そういうのがわかったほうがわかるよね」と思ったら、やるし、なんでもかんでも創作にしたいから、いらんもんを付け加えていくかといったら、これは実際、まったく普通の小説を書くときも一緒なんですけど。これが創作なんで、頭の中で思ったことはなんでもいっぱい書いたほうがいいんですよといって全部書くと、いらんことまで書いてしまいますから、いかに書かへんかというのもあるんです。

『ギケイキ』なんかをやるときは、特にそれがあって。元の話のストーリーラインは、もう決まっていますから、こういうふうに話を付け加えていくというのは、「その人はこういう性格やった」みたいなことは原典でもにおわせてありますけど、「その性格はどこから生まれてきたの？　なんで、そんな人になったの？」みたいなことをやるときにやったのが、弁慶の生い立ちとかね。弁慶は非常に自分が不細工なことを気にしていたとか、弁慶がBL的に義経《よしつね》のことが好きだったとか、そういうことは創作の範疇《はんちゅう》として付け加えた。

それから『ギケイキ』に関して言いますと、これは、一つの工夫がありまして、読んだ方はご存じかと思いますけど、義経って八百年前に死んだ人ですけど、義経がどういうわけか、その後もずっと生きていて、今も生きていると。義経が、生きて、自分がどんな人生を送ってきたかを事後的に語っているというかたちを採っていますから、今の言葉を知っていても違和感はないという設定にしていますから、義経は現代の言葉を使い放題に使える。小説家として、最も卑怯なんですが、そういうやり方をしています。ただ、使える言葉がなるべく多かったらそれでいいか、その作品世界は豊かかといったら、必ずしもそうじゃなくて、情緒はくだらないとさっき言いましたけど、とは言うものの、それをやりたい目的があるときは、なるべくその範囲内でやるというようなこともあります。

たとえば、今も連載中で、一月のはじめに出たのですが、『男の愛』。これは、清水次郎長の話で、史実とフィクションをどっちも使いながら次郎長の生涯を描いていますけど、どっちでもないですね。次郎長というのは清水の人ですから、当然、清水の言葉を使っていたはずなんですけども、だからといって、清水の言葉を使っているかというと、使っていない。それから、今の立場で、現代語をバンバン使っているかといったら、そうでもない。広沢虎造という人が作った範疇の言葉を次郎長にしゃべらせるということをやっています。その範囲から出ないということもやっています。これも、言葉を無限に広げていくんじゃなくて、言葉を限るということも一つの枠を作っておくということで、読む人にも伝わりますよね。こういうようなことを考えて書いております。

翻訳と創作のやり方の暴露みたいな話になってしまいましたが、翻訳するというのは、人間が生きているときは、何をやっていても、必ず翻訳しているんです。つまり、「あのな、こんなこと、あってん」「昨日、こんなこと、あってん」と友達に話すときがありますね。それもある種、現実の言葉、話し言葉に翻訳している。そういう意味では、人間のやっていることは全部、翻訳とも言えるんです。だから、いま言ったようなことは、人間が生きていく中で、技法として、生きるための技術として使える部分も、おそらくはあると思いますけれど、どうでしょうか、というところで今回の話は終わりたいと思います。

第十二回　これからの日本文学

日本文学はなんのためにあるのか

最終回は「これからの日本文学」。これまでは、自分のことをずっとしゃべってきましたけど、今回はわりと漠然とした話で、雑談みたいな感じになるかもしれませんが、そうなると、「これから、お前は何をやっていくつもりやねん」みたいになるかもしれないので、そういう話ができたらなと思います。

「これからの日本文学」という話をするのであれば、最初は、「日本文学ってなんやねん」という話からしないとあかんのかなと思います。と言うても、自分にはですね、日本文学ってひと言で言いにくい、わかれへんというところが率直なところで。「あなたにとって日本文学はなんですか」というのも、そんなね。よう言いますよね。「俺にとっては」とか「俺の中では」とか、「俺の中では、日本文学は」って「無断でお前の中に入れるな、ぼけ」というのがありますから。「誰が、お前の中に入れてええと言うた? 日本文学が? 全員に訊いたのか」という話になりますから。私にとっての日本文学というのは、なかなか言いにくい。

それで考えたのは、日本文学、僕は日本語しかちゃんと読み書きできませんから、日本文学ということになりますけど、「日本文学って、いったいなんやねん、なんのためにあるねん、どういう目的なん」という話を考えたんです。「目的はなんや」と訊きたくなりますよね。意味のようわからんことをやっている人やったら、「それ、何？　なんのためにやっているんですか、それ？」って。なんかこう、カンカン金属を叩いている人がおって、「それはなんのためにやっているんですか？」「いや、目的はないんですよ」と言ったら、おかしいでしょう。やかん作っているのか、なんかをやっているはずですから、なんのために文学をやっているのか。カンカン金属を叩いているようなものとして、日本文学っていったいなんのためにあるのか、なんのために存在しているのかという話をしようかなと思います。

日本文学は日本語に影響を及ぼす

それはですね、いくつかあると思うんですけど、まず、読者にとっては何か。読者にとっては、それを読むことによって何か、魂の慰安を得られる。慰安、まあ、そうですよね。これを読んだら、なんとも言えん気持ちになるねんと。ええ気持ちかも悪い気持ちかもしれんけど、そのなんとも言えん気持ちがあるから読むみたいなことがありますね。それは、僕もあります。自分にとって楽しいのか苦しいのか、気持ちええのか気色悪いのかわからんけど、なんか、読みたいという、そういうのはあります。

それから、娯楽、快楽を求めるというのはありますね。そこまで行かんにしても、ただの暇潰《ひまつぶ》し。ほかにやることがないから暇を潰して読む、これも率直にあると思います。新幹線に乗っていて、新大阪に着くまで、何をしてんのかわからん人が、たまにいますけど、普通は何か読んだり、手を動かしたりしていますね。それは暇潰しですね。だから、慰安か、娯楽か、暇潰し。読者にとっては、そのためにあるといって、これは不都合がないと思うんです。

それから作者にとっては、なんのためにあるのか。急に難しくなってきますけど、でも、作者にとっても、なんか興奮がある。書くことによって快楽があるという意味では読者と一緒ですね。書く快楽がある。もう一つは、作者にとっての時間潰しかもしれない。ほかにやることがないんですと。「生活に不自由はおまへんねん。なら、小説書きましょうか、詩を書きましょうか」とか、時間潰しかもしれない。

もう一つは、銭儲《ぜにもう》け。これを書くのが仕事なんでやっていますと。「銭儲け」と言ったら聞こえが悪いように思えるけど、別に悪いことでもなんでもないですからね。銭を稼がんと生きていけませんから。みんな、そうやって生きているわけですから。小説家一人が銭を稼いだらいかんというわけではないですからね。職業としてやっている人も、これはいるでしょう。以上、作者にとったら、快楽、暇潰し、銭儲け、みたいなことがあるかもしれない。

「なんか、読みたいな」と思っている人と、「なんか、書きたいな」と思っている人がおって、その両方が幸福に出会えば、世の中に流通する本として出版されて売られる。小説が誕生する、詩が誕生する、そういうことなのかなと、そのためにあるんかなというと、そうなんですけど、じゃあ、それしかないのか。快楽、暇潰し、銭儲けの三つしかないのかと言うたら、それ以外にも、小説に限らず、文学を読んだり、書いたりしているうちに、ええことも悪いことも含めて、こんなことをやろうと意図しなくても、自然に、偶然にできてしまうことっていうのがあると思うんです。それは何かといったら、今、僕たちが生きている現状に、知らん間に影響を及ぼしていることですね。

前回、「オートマチックな言葉」、自動的な言葉遣いという話をしました。その自動的な言葉遣いを使うにしろ使わないにしろ、私たちが使っている日本語に対する文学の影響というのはあると思うんです。「文学の言葉」というのは、私たちの普段の話し言葉には、もちろん出てはきませんけど、書く言葉の中に影響を与えてくる。それから、話し言葉には出てこないんだけど、話し言葉を話すために働かせるＯＳみたいなものに、文学の言葉というのが作用しているかもしれない。もしかしたら、私たちが発語・発話するためのバックグラウンドで作動しているシステムみたいなものに、文学の言葉が影響を及ぼしているかもしれない。影響を及ぼしているとは言いませんが、「かもしれない」ということは、これはあると思うんです。

目的がはっきりとあって、「俺は、俺の文学を、今の日本人の日本語に作用させてやろう」というのは、どの作者も思っていなかったと思うんです。いろんな人がいろんなものを書いて、いろんな人がいろんなものを読んで、勝手にいろんなことになっていったということです。だから、言い換えると「自然」みたいなものだと思うんです。自然状態ということに近いと思うんですけど、そういうような日本語に影響を及ぼすということを、日本文学は意図しないうちにやっているだろうということはあります。

文学の言葉の中に生き延びたい

じゃあ、ものすごく影響を及ぼしているのかといったら、別にそんな、ムチャクチャな影響ではなく、わずかな影響だと思います。どんな感じかといったら、かつては――僕もそんな時代はわかりませんけど、もっと神話時代の話かもしれないですけど、文学の言葉が日本語に対して、直接的に影響を及ぼしているかは別として、ものすごく権威的に存在している状態というような時代も、もしかしたらあったのかなと思います。

僕が物心ついた頃は、かすかにそういう感じはあったんですけど、それがだんだんなくなって。文学の言葉というのが衰退していったのは、やっぱり、テレビの中での言語とか、大ざっぱに、僕なりに雑に言っていますけど、いわゆる「マスコミ言語」みたいなもの。それは、どこまでマスコミに含めるかは別として、たとえば、僕らが子どものときにしゃべっていた言葉とか、大人たちがしゃべっていた言葉というのが、だんだんテレビの言葉に駆逐《くちく》されて、僕たちが普段、一般的に発する日本語のOSの中に浸透してきて、そのOSの中である程度作動していた、あるはずだと思われていたOSの設計思想みたいな文学の言葉が次第に減っていって。

それから、今は、昔みたいにみんながテレビを観ている状態ではないですから、そんなマスなどというのはなくなって、みんながバラバラに言葉を使っているんだけれども、文学の言葉も、その中に言語的な表現として一部はあるんだけれども、OSとしての機能はほぼ消滅して、たくさんある言葉の一つの方言として使われているのかなと。たとえば、テレビの言葉に代表される、週刊誌やら、新聞やら、ラジオやら、そういうところで使われているマスコミ的な言語と、それに対しての、ネットスラングとかサブカルチャーの言葉とか、そういうものがあって、それらを方言と表現するなら、そうした表現の一部として文学も生き延びたのかなと、そういう感じがします。ということは、逆に言うと、文学の言葉の中にも、そういうマスコミ的な言語というのがどんどん普通に入ってきて、これがいいか悪いか判断するような立場には、文学の言葉は今はないのかなと、そういう感じはします。

じゃあ、なかったらいらないじゃないかと、なくていいじゃないかと、そのままやっていけばいいじゃないかと、もうなくていいじゃんということなんです。要するに、マスコミ言語に押されて、だんだん力が弱くなっていって、一方言として、ネットスラングと同等のものとして「文学的な言葉遣い」というのがあるとすれば、文学がないかぎり文学的はないのだから、文学がある理由もあるよねという、そういう話になります。

「ああ、そうだな」と思うんですけど、でも、それでも、文学の言葉にこだわりたいという、拘泥するものがあるんですね。なぜこだわるかといったら、それが、いいとか悪いとか、はっきり言えない、これも自分の「癖《へき》」というものですから。癖というのは「偏屈」

と言ってもいいのかもしれないし、「性癖」と言ってもいいかもしれんけど、自分自身の人間としての質の問題として、言葉にこだわりたいと。「こだわってしまう」という言い方ですかね、こだわりというのをネガティブな言葉として言えば。それでも、文学の言葉を生き延びさせたいというよりは、自分という人間は、文学の言葉の中に生き延びたい。逆に、自分が文学ということの中に生き延びたいという思いというか、考えがあるんですね。

それに対しての理由というのを考えるんです。それは、そうしたいという単なる欲求ですから、勝手にせえ、と言われたら終わりですが、でも、しゃべっている以上、それに対する理由を言わなきゃいけない。さっきの最初の、「なんで?」ですね。なんで自分は文学の言葉の中に、自分という人間は生き延びたいと思うか。なんで、言葉の中に生き延びたいのか。自分の魂を言葉に込めたいのか。それを言いたいのか、書きたいのかということですが、そういうことを話そうかと思います。

魂の形を自らの言葉で塗る

それはですね、三つあります。一つは、まず、外側のこと。それから、二つめは、内側のこと。三つめは、その二つを合わせて考えること。この三つがあるんです。

一つめの、外側というのは、ひと言で言うと、マスの言葉、世の中にあふれている言葉に対する抵抗ですね。それはどういう抵抗かといったら、そういう言葉によって人と話をしたり、人の話を聞いたりしているんですけど、なんかね、みんなが使う言葉が、文学という抵抗感を失うことによって、自分も含めてですけど、人の頭の中が一色、ひと色になっていく感じがするんですね。

それはどういうことかと、具体的に言わないとわからないと思うんですけど、常套的な、オートマチックな言葉遣いですね。つまり、それを言うと、もうそこから先、人の考えが止まる呪文みたいな言葉です。時代時代によっていくつかあるんですけど、それさえ言ったら、人の思考がそこで止まって終わりになるという、これは言葉の力だと思うんですね。諺《ことわざ》とか、俳句とか言われると、人間、なんでかわからんけど納得してしまう。諺にはそういう力があるんですね。なんか、失敗しても、諺でうまいことを言われたら、「しゃあないな」と思ってしまうところがあるんです。「猿も木から落ちる」「上手の手から水が漏れる」、なんでもいいんですけど、言われると納得してしまうんですね。「古池や蛙《かわず》飛び込む水の音」と言ったら、なんかわからんけど、「あ、そうか」と思ってしまうじゃないですか。すごく静かで、シーンとしているところに、蛙《かえる》がポチャンと、「おー」となるところがあるじゃないですか。もっと、わかりやすい俳句もたぶんあると思うんですけど。そういうものなんですね。

それは、マスコミ言語の中にもそういう呪文があって、ワーッと議論していても、その呪文が出たら、もう終わり、打ち止めねという、「あ、はい、はい。仕事しようか」「あ、飯食いに行こう」みたいになる話、そういうのがあるんですね。たとえば、ええ形、聞こえがええ形と言うんですかね、今やったら、「多様性を重視しましょう」と言うたら、もう終わりですね。呪文ですね。もうそこから先、何もない。「多様性、重視しなあかんやん」となりますよね。その多様性という一色に染まっていくという皮肉なことになっていきます。

あるいは、「持続可能性は必要だよね」と言ったら、「なんで?」というところまで行かないですよ。なんでそれが必要なのかと、いちいち立ち止まって考えないで、もう思考はオートマチックに、「大事だよね」となってしまいますね。それを言えば、人の考えが一瞬で止まる言葉というのを、僕は「オートマチックの言葉」と言っているんです。

今、わかりやすいのを二つ言いましたけど、それ以外の書いている言葉があって、それは、オートマチックという意味で言うと、「慣用句」というのがあります。慣用句というのは慣用されている句ですから、枕詞《まくらことば》があって、「垂乳根《たらちね》の」と言うたら「母」や、みたいな。「ひさかたの」と言うたら「光」や、みたいな。なんにも考えんと出てこなあかんことが出てくる言葉ってありますよね。「枕挙にいとまがない」。「枚挙」と言うたら、「枚挙ってなんやねん」と思わんと、思う前に「いとまがない」となるじゃないですか。文章を書いていても、何かを論評したりとかするときに、「こんな例はたくさんありますよね」と書いたら、「こんな例はたくさんあるかな」と思うんです。「ありますよね」と書いたときに、「あるかも」と思って、「きっとある」と探すんです。でも、「枚挙に」と書いたら、考える前に「いとまがない」とすでに書いているんです。というか、今やったら、勝手に変換しくさっているんです、そいつら。

そいつらって誰か知らんけど、wordとかそんなやつ。やつじゃないですけど、勝手に変換しくさっているから、文学やったら、そこで、「何、勝手に変換しとんねん」と言うんです。「なめんな、このクソwordが。何、勝手に変換するんや。俺は文学者やぞ」と。「枚挙にと書いたらやな……いとまがないやがな。すんませんでした」となるわけですが、その立ち止まりが大事なので、それが文学なんです。でも、それを、「このクソwordが」

と言う前に、自分の頭の中にそのクソwordが入ってもうているんです、すでに。それがオートマチックな言葉遣いであり、マスコミ言語なんです。

この、オートマチックな言葉遣い、マスコミ言語が、もう俺らが知らん間に、「勝手に使うてまへんけ?」というのと、「勝手に使っているのではないだろうか」というのと、「勝手に使うてへん?」「勝手に使うてないか?」とか、「勝手に使とらせんじゃろか?」という言い方もあるわけで、「これ、どれを選ぶねん、お前」というのが大事なのに、勝手におこなわれているということなんです。これが、駄目な例を言うてるんですが、駄目と言うか、どうでもええと思ったらそうかもしれないけど、でも、これが実は重要なことで、そのオートマチックな言葉を使う、用語化していくことに対する抵抗なんです。

なんでそれに抵抗しているかと言うたら、これは僕の考えですけど、「魂」というのは、形がないじゃないですか。目に見えない。自分しかわからんわけです。でも、自分しかわからん魂を持っていることが、人間はたまらなく寂しいんです、孤独なんです。だから、この、自分しかわからん魂を一人一人が持っているということに対して形を与えたいんです。魂自体は形がないから、その外側を、なんか、樹脂みたいなもので塗り固めて乾かすことによって、形を与えて、それを見たいんです。自分でも見たいし、人にも見せたい。

その外側に塗り固める材料というのが言葉やと思うんです。つまり、魂って形がないですから、言葉によって塗り固められるから、言葉がしょうもなかったら、魂がしょうもないということとイコールになってまうんです、文学化したときに。その魂に形を与えて、外側に出して、自分も他人も見るというふうにした場合、それが、しょうもない言葉で、一色の自動的な言葉で塗られたというのは、それはしょうもない話なんです。「君の魂、しょうもないね」という話になってくるんですよ。でも、それはしょうがないんです。しょうもない材料しかないから、それでやるしかないから、そうなってまうんです。そのために使っている言葉なんです。

だから、この言葉に、悪い意味かもしれないけど、拘泥してしまう、こだわってしまう。スッと行けない。「お前の話はな、長うてしょうもない。お前の書く文章はな、余談が多い。もっと役に立つことを箇条書きにして言うてくれ」と、よく言われるんですけど、それは言葉にこだわるからですね。それは、上記のような理由です。つまり、魂に形を与えるときに、その言葉はオートマチックにしたくない、抵抗したい。これが、外側の言葉が、文学が必要だと、自分が考える理由なんですね。

脳のバリアを自分の言葉で突破する

それから、内側のことというと、じゃあ、その魂というもの、自分は何を考えているのかなと探っていくじゃないですか。ところが、これは若竹千佐子さんという人が書いた『おらおらでひとりいぐも』という小説――『おらおらでひとりいぐも』というのは方言で、わかりやすい日本語に翻訳すると、「私は私で一人で行こう」みたいな標準語になりまして、自分の考えというものをどこまでも突き破って、「自分は何を考えているんだろうか」ということ、考えを突き詰めていくような小説なんですけど。それが、外の景色と、あるいは歴史と、自分の個人的な歴史とリンクすることによって、ある景色にたどり着くみたいな話なんですけど、そういうと、「ああ、そう」で済むんですけど、それって難しいんです。

なんで難しいかというたら、人間の脳には安全装置があって、「これ以上考えると自分が壊れてしまうな」というところ以上、進めないような壁があるんですね。そこに来ると、バサンと電源が落ちて考えられなくなる。だから、モヤモヤしてわからなくなるときってあるじゃないですか。「お前、なんで、そんなことしてるねん」と言われたときに、「ちょっと、わからなくてさ」「なんでや、自分やろ、わかるやろう」「いや、そのことを考えると、急にわからんようになるんです」みたいな。それは、「お前、ちゃんと、自分で来いよ」「いや、それが……」みたいなやつ、おるやないですか。そいつは嘘をついているんじゃなくて、ごまかしているんじゃなくて、本当にそこから先に考えられないんですよ。それを突破していったのが、この小説なんです。だから、読んでいない人がそうやって読むとおもしろいと思うんです。

でも、それって、どこまで行くかというのは、人によって違うんです。ものすごく突き詰めて深いところまで行って、はじめてバリアにぶつかる人もおるし、もう一巡目でバリアがあって考えられへん人もおるし。でも、やっぱり、僕自身の中には突き詰めたいという気持ちがあるんですね。自分は、なんでこんなことを考えたか、自分の考えを突き詰めたい。

あるいは、髙村薫さんの『土の記』という小説があるんですけど、これも、リアリズムの小説で、主人公の男性が、そのとき、なぜそうしたかということを、ものすごく深いところまで入っていって自問すると、ストーリーが動いていく。つまり、さっき、一個目の外側のところで言うたような言語的な表現、言い換えれば文学的な表現、オートマチックでない言葉遣いによる表現というのは、そのバリアを突破していく力があると、僕は信じたいんですね。その言葉をドリルとして、自分の脳のバリアを突破していく。それによって、「自分が何を考えているかわかる」＝「人間が何を考えているかわかる」。一般的に人が何を考えているかわかるようになる。そうすると、人を許したり、愛したりすることもできるし、その逆もできる。でも、それをしないかぎり、何もできない。こういう気持ちがあります。

それと逆に、感覚的な表現。要するに、文学的ではない表現、オートマチックな言葉による表現、突き詰めない表現。「感覚的」と言いましたけど、これを突き詰めない表現、オートマチックな言葉だけ使って、古典のところで言いました「情緒」とか、雰囲気だけをつくっていく、わりと安い材料で魂を形づくる。揶揄的に言ってしまえば、Ｊポップの歌詞のような言葉遣いは、バリアを強化していく。「ここから入ってこないでね」というものがものすごく強い。だから、傷つかないです。自分の脳内で、ずっとそればっかりを強化している。オートマチックな表現というのは、バリアを強化する。反オートマチックな文学的な表現というのは、バリアを突破していく。こういう効能があると思います。でも、バリアを強化することも、人間、生きて働く上では、身を守るために必要なこともあるのかもしれません。それ故《ゆえ》それを一概に全否定するものではありません。

この瞬間を全力で生きるために文学はある

そこで三番目です。バリアを強化することと、それから、それよりも大事な、バリアを突破していくこと、オートマチックな言葉遣いに抵抗すること、この二つ。バランスよく、ときどきはバリアを強化しながら、身を守りながら、やることによって、何ができるか。

それが文学の最終的な目的だと思うんですけども、その二つをやることによって、古典のところでも言いましたけど、この世の熱狂から離脱すること、この世にいながら、あの世に片足を置きながら、この世の熱狂から離脱することができる。自分の内側というもの、自分の世界、個人の世界ですね。それから、自分の外側、ほかの人とか、この世の中とか、いろんなことがありますが、外側の世界と内側の世界をバランスよく並べて、「俺が、俺が」と自分のことばかり言うのではなく、まわりに迎合していろんな強者の論理、世の中で力を持っている人とか、権力を持っている人とか、お金とか、そんな外側のものにも流されずに、自分の煩悩《ぼんのう》とか欲とかにも流されず、両方に軸足を置いて、内側と外側、両方に軸足を置いて、どちらにも傾かず、今、この瞬間を全力で生きることができる。

今この瞬間に注力して、今、この瞬間を楽しんで、くよくよせずに生きることができるようになる……かもしれないということですね。「かもしれない」というのが、またそれにのめり込まないための一つのバランサーなんですが、ということが、それでも文学が必要な理由として、これがあると、こういうふうに思います。

したがいまして、「これからの日本文学」ということについては、全体的にこれからの日本文学はこうあるべきだとか、今の文壇的流行はこうだが私はそれにには反対だとか、そうは思わないとか、思うことはありますけれども、人に言うことはありません。自分が内側と外側にバランスを置いて、自分の脳のバリアを、オートマチックじゃない言葉遣い、文学的な言葉遣いで突破していくことによって、マスの言語に抵抗しながら言葉を紡《つむ》いでいく、こういうことを、今後、自分がやることが、自分にとっての、これからの日本文学であると。最後、「自分にとって」と、やっと言えるなというような気がします。私の話はこれで終わりです。ご清聴、ありがとうございました。

読書案内（引用文献★）

『物語日本史1　日本の国づくり／聖徳太子物語』（平塚武二著、学習研究社、一九六七）
『物語日本史2　遣唐使物語／羅城門と怪盗』（中沢巠夫著、学習研究社、一九六七）
『物語日本史3　源平の合戦／三代将軍実朝』（榊山淳著、学習研究社、一九六七）
『物語日本史4　モンゴル来たる／太平記物語』（滝口康彦・古田足日著、学習研究社、一九六七）
『物語日本史5　戦国の名将たち／鉄砲伝来物語』（柳田知怒夫著、学習研究社、一九六七）
『物語日本史6　信長と秀吉／関ケ原の決戦』（池波正太郎著、学習研究社、一九六七）
『物語日本史7　ザビエル渡来物語／島原の乱』（劉寒吉著、学習研究社、一九六七）
『物語日本史8　勇将山田長政／赤穂浪士』（稲垣史生著、学習研究社、一九六七）
『物語日本史9　幕末のあらし／西南の役』（戸川幸夫著、学習研究社、一九六七）
『物語日本史10　日清日露戦争／太平洋戦争』（高村暢児著、学習研究社、一九六七）
『船乗りクプクプの冒険』（北杜夫著、新潮文庫、一九七一）
『遙かな国 遠い国』（北杜夫著、新潮文庫、一九七一）★
『にぎやかな未来』（筒井康隆著、角川文庫、一九七二）
『笑うな』（筒井康隆著、新潮文庫、一九八〇）
『幻想の未来』（筒井康隆著、角川文庫、一九七一）

『夜を走る　トラブル短篇集』（筒井康隆著、角川文庫、二〇〇六）★
『ピンチランナー調書』（大江健三郎著、新潮社、一九七六）
『大江健三郎全小説3』（講談社、二〇一八）
『中原中也全詩集』（角川ソフィア文庫、二〇〇七）
『壊色』（町田康著、ハルキ文庫、一九九八）★
『萩原朔太郎詩集』（岩波文庫、一九八一）★
『浄土』（町田康著、講談社文庫、二〇〇八）★
『山椒魚』（井伏鱒二著、新潮文庫、一九四八）★
「現代詩手帖」一九九二年五月号（思潮社、一九九二）★
『大菩薩峠』全二十巻（中里介山著、ちくま文庫、一九九六）
『パンク侍、斬られて候』（町田康著、角川文庫、二〇〇六）
『半七捕物帳』全六巻（岡本綺堂著、光文社時代小説文庫、二〇〇一）
『池澤夏樹=個人編集　日本文学全集08　日本霊異記／今昔物語／宇治拾遺物語／発心集』（町田康ほか翻訳、河出書房新社、二〇一五）
『ギケイキ　千年の流転』（町田康著、河出文庫、二〇一八）
『ギケイキ2　奈落への飛翔』（町田康著、河出文庫、二〇二一）
『猫とねずみのともぐらし』（町田康文、寺門孝之絵、フェリシモ出版、二〇一〇）

『名探偵登場！』（筒井康隆、町田康ほか著、講談社文庫、二〇一六）★
『男の愛　たびたちの詩』（町田康著、左右社、二〇二二）
『おらおらでひとりいぐも』（若竹千佐子著、河出文庫、二〇二〇）
『土の記』上下（高村薫著、新潮社、二〇一六）

あとがき

恥を言うようだが、私は本来、勉学に励むべき若き時に、享楽に溺《おぼ》れ、放埒《ほうらつ》無惨《むざん》な暮らしをしたため、人に伝えて役に立つような知識・教養の蓄積がまったくない。

もちろん人に伝えて役に立つような知識・教養がなくても困ることはなにもない。なぜなら人に伝えて役には立たないが、自分が生きていくに当たって必要なせこい知恵は最低限度、有しているからである。

だが、いい年をしてなんらの知識・教養もないというのは、格好が悪いというか、「年格好から見てこれくらいのことは当然、識《し》っているだろう」と思った若い人に、助言を求められ、「我はアホゆえ知らぬ」と言うのはきわめて寂しく申し訳なく、それとは別に、内心に、そうして問われた際に有益な助言をして、尊敬されたい、凄い人だ、と思われたいという虚栄心もかなりあるからである。

そこでこれまでどうしてきたかというと、いかにも知識・教養がある人、のような雰囲気を全身から発散せしめ、だけど謙虚な人間なのでこれをひけらかすようなことはしない、という卑怯《ひきょう》未練《みれん》な技法を用い、世間と自分を瞞着《まんちゃく》してきた。

そうしたところ罰が当たった。それを真に受けたNHKカルチャーから連絡があり、十二回連続講座をやれ、と言われてしまったのである。しかもそれは後日、ラジオで放送する、と仰《おつしや》る。

もちろん断ろうと思った。

だがそれと同時に内なる声が頭蓋《ずがい》に響いた。声は言った。

「おまえはそれでよいのか。このまま知識・教養がないにもかかわらず、いかにもそれがあるような振りをするという欺瞞《ぎまん》を続けるのか。おまえは本当にそれでよいのか。死ぬ前に本当のことを言おうとは思わないのか」

内なる声に責め立てられた挙げ句、私は中学の時に習った、孟嘗君《もうしょうくん》がどうのこうの、という詩を思い出し、「諾《だく》」と返信した。

それから講座が始まるまでの間、いったいなにを話したらよいのか、さっぱりわからず苦悶《くもん》する日々が続いた。

そんななか、或《あ》る時、脳裏に浮かんだのが、右に申した、孟嘗君がどうしたこうした、という詩で、私はこれを知識・教養として知っているわけではないが、これを中学校で習った、という経験は有している。ならばその経験を語ればよいのではないか、と考えたのである。

則《すなわ》ち自分語りである。

しかし中味のない人間の自分語りほどつまらぬものはない。そこで考えた挙げ句、一つの工夫を加えることにした。

といって大した工夫ではなく、それを一言で言うと、こうした場合、どうしてもそれをやりたい誘惑に駆られがちな、つまらない自分の経験をおもしろくみせかけるため、大袈《おおげ》裟《さ》に粉飾し、「此《こ》の時余《よ》の人生にとつて一大転機とも言ふべき出会いがあつたのであーる」的な絶叫を排し、その時々にあったことと考えたこと、それについて今、思うことなどを正直、率直に語ること、というありきたりなものに過ぎない。

しかしそうして省《かえり》みてみると、ありきたりに思われる部分にきわめて変梃《へんてこ》なことがあったり、人とは余《よ》程《ほど》、違っているという部分が意外にもありふれたことだったりするなどして、そこから新たに気がつくことがあるなどし、ただ単に正直に自己のこれまでの道のりを省みて語ることには一徳があるのかも知らん、と今は思う。

兎《と》に角《かく》、私は正直に語った。そしてそれがこのような一冊の本としてなるのは私にとっては恐ろしいことだ。だが、そうして自分にとって恐ろしいことこそが或《ある》いは人の役に立つことなのかも知らぬ、と今は思い、そうなることを念願いたしおります。

町田　康

本書は、ＮＨＫ文化センター青山教室にて、二〇二一年十月から二二年一月にかけて行われた講座「作家・町田康が語る〈私の文学史〉」の講義をもとに加筆・修正し、編集したものです。

町田 康 まちだ・こう
1962年、大阪府生まれ。作家。
81年レコードデビュー。92年に詩集『供花』発表。
96年「くっすん大黒」で作家デビューし、
同作でBunkamuraドゥマゴ文学賞を受賞。
2000年「きれぎれ」で芥川賞、01年『土間の四十八滝』で萩原朔太郎賞、
02年に短編「権現の踊り子」で川端康成文学賞、
05年『告白』で谷崎潤一郎賞、08年『宿屋めぐり』で野間文芸賞を受賞。
近年は『宇治拾遺物語』の現代語訳や
『義経記』を翻案した『ギケイキ』などにも取り組む。
小社刊に、中原中也の詩に言葉を寄せた『残響』がある。

NHK出版新書 681

私の文学史
なぜ俺はこんな人間になったのか?

2022年8月10日　第1刷発行
2022年9月10日　第2刷発行

著者　町田 康

発行者　土井成紀
発行所　NHK出版
〒150-8081 東京都渋谷区宇田川町41-1
電話 (0570) 009-321(問い合わせ) (0570) 000-321(注文)
https://www.nhk-book.co.jp (ホームページ)
振替 00110-1-49701

ブックデザイン　albireo
印刷　新藤慶昌堂・近代美術
製本　藤田製本

Printed in Japan ISBN978-4-14-088681-6 C0295

NHK出版新書好評既刊

NHK出版新書好評既刊

NHK出版新書好評既刊

「現金給付」の経済学
反緊縮で日本はよみがえる
井上智洋
現金をばらまき、インフレ好況をつくり出せ！日本経済の停滞を打ち破る、金融緩和でも構造改革でもない「ラディカルな解決策」を提唱する一冊。
653

新・いのちを守る気象情報
斉田季実治
激甚化する自然災害にどう備えるか。人気の気象キャスターが、気象情報の読み方と防災知識を徹底解説。前著の情報を更新した改訂最新版！
654

デジタル・ファシズム
日本の資産と主権が消える
堤 未果
行政、金融、教育――日本の公共システムが、米中巨大資本に食われる！気鋭のジャーナリストが明かす「日本デジタル化計画」驚愕の事実。
655

宗教の本性
誰が「私」を救うのか
佐々木 閑
科学にも通じる仏教学者が、一神教、多神教、二元論宗教、イデオロギーまで、「なぜ人間は宗教なしで生きられないのか」を解き明かす、究極の宗教論。
656

子どもの目が危ない
「超近視時代」に視力をどう守るか
大石寛人
NHKスペシャル取材班
スマホやタブレットの使用、ゲームのやり過ぎが、子どもの深刻な近視を引き起こしている。科学的根拠のある治療法を徹底取材をもとに紹介する。
657

サボる哲学
労働の未来から逃散せよ
栗原 康
「はたらかざるもの食うべからず」。そんな世界は正常か？気鋭のアナキスト文人が資本主義下の労働倫理を解体し、そこから逃亡する道を拓く！
658

NHK出版新書好評既刊

太平洋戦争への道 1931-1941
半藤一利
加藤陽子
保阪正康［編著］

昭和史研究のスペシャリストが集結して話題を呼んだNHKラジオ番組の書籍化。昭和日本が犯した「最大の失敗」から、令和日本が進む道を提言する。

659

50代で決める！ 最強の「お金」戦略
荻原博子

50歳からの賢い働き方、トクする保険・年金の活用術、年金だけで暮らせる家計づくりのコツなど、家計経済の第一人者が最新「裏ワザ」を徹底指南！

660

鎌倉殿と執権北条氏
義時はいかに朝廷を乗り越えたか
坂井孝一

伊豆の地方豪族だった北条氏は、いかに流人時代の頼朝と出会い、熾烈な権力闘争の末に承久の乱を制したのか。時政・政子・義時を軸に描きだす。

661

日本人にとってキリスト教とは何か
遠藤周作『深い河』から考える
若松英輔

神とは、死とは、信仰とはどういうものか。いま最も旺盛な活動を続ける批評家が、遠藤文学の集大成『深い河』を軸に、霊性と宗教の交点を見出す。

662

ナチスと鉄道
共和国の崩壊から独ソ戦、敗亡まで
鳩澤　歩

新車輌開発競争、交通政策をめぐる組織内外の駆け引き、鉄道からみた独ソ戦、死の特別列車――。知られざる歴史を、通史として描き出す。

663

ポスト・ヒューマニズム
テクノロジー時代の哲学入門
岡本裕一朗

なぜいま、哲学で「人間」が問題となるのか。「思弁的実在論」「加速主義」「新実在論」など、21世紀現代哲学を、具体的論点を踏まえて明瞭に解説！

664

NHK出版新書好評既刊

小林秀雄の「人生」論
浜崎洋介

稀代の知性が一貫して追求した「日本人が真に幸福に生きるための心構え」とは？　あの難解な文章が読めるようになる、小林秀雄・超入門講義！

665

商業美術家の逆襲
もうひとつの日本美術史
山下裕二

従来の日本美術史の枠をはみ出した破格の商業美術家の作品をカラーで多数収載。浮世絵からマンガまで、知られざる「美の系譜」を明らかにする！

666

現代哲学の論点
人新世・シンギュラリティ・非人間の倫理
仲正昌樹

パンデミックやテクノロジーの急速な進化など、社会の変化によって哲学に今どのような問いが生まれているのか？　8つの論点を鋭く解説！

667

日本人の宿題
歴史探偵、平和を謳う
半藤一利
保阪正康［解説］

「昭和史の語り部」として慕われた半藤一利さん。没後一年、NHKラジオ番組での「語り」をもとに再構成した日本人への「遺言」。保阪正康の解説付き。

668

「旧制第一中学」の面目
全国47高校を秘蔵データで読む
小林哲夫

「地元最強ブランド」の根拠は何か。なぜステータスを維持する学校と失う学校があるのか。明治から令和までの逸話が満載、教育関係者も必読！

669

オードリー・タンが語るデジタル民主主義
大野和基［インタビュー・編］

市民参加型の政治討論、新しい投票方法の導入、徹底した情報公開…。台湾の天才デジタル大臣が、民主主義の革新的なモデルの精髄を説く。

670

NHK出版新書好評既刊

テルマエと浮世風呂
古代ローマと大江戸日本の比較史
本村凌二
アッピア街道と東海道から権力のあり方を考え、ワインと日本酒から民衆の暮らしに思いを馳せる。異なる歴史を比べて愉しむ10のエッセイ。
671

百歳
いつまでも書いていたい
小説家・瀬戸内寂聴の生きかた
瀬戸内寂聴
楽しい法話で多くの日本人から愛された寂聴さん。ラジオに遺された「小説家」としての言葉に、人が快活に生きるためのヒントがちりばめられている。
672

史伝 北条政子
鎌倉幕府を導いた尼将軍
山本みなみ
鎌倉殿の妻、母、そして尼将軍へ。頼朝亡き後、政子はいかにして幕府を守ったのか？ 中世史の新鋭が新史料を駆使して迫る、史上随一の女傑の全貌。
673

教養としての「数学I・A」
論理的思考力を最短で手に入れる
永野裕之
二次関数や統計など高校数学の初歩に親しむことで、社会人に必須の「数学リテラシー」を身につける。数学学びなおしのプロがわかりやすく解説。
674

壁とともに生きる
わたしと「安部公房」
ヤマザキマリ
人間社会のジレンマを昆虫観察するかのように描いた戦後作家、安部公房。その恐るべき俯瞰力と先見性を、気鋭のマンガ家が生き生きと語る。
675

実践・哲学ディベート
〈人生の選択〉を見極める
高橋昌一郎
反出生主義に英語教育、ルッキズムからAI倫理、意思決定論まで。「教授」と「学生たち」のディベート形式で哲学的思考を鍛える画期的入門書！
676

NHK出版新書好評既刊

『パンセ』で極める人間学
鹿島茂
博覧強記の仏文学者が、西洋哲学の古典『パンセ』から、現代人にとって切実かつ魅力的な部分を抽出し、自身の訳と解説で編み直す、新しい哲学ガイド。
677

お白洲から見る江戸時代
「身分の上下」はどう可視化されたか
尾脇秀和
お奉行様のお裁きの前になぜ出廷者の「座席決め」が問題となったのか？ 役人たちの苦労の背後に、幕府が守ろうとしていた「正義」を見出す快作！
678

考証 鎌倉殿をめぐる人びと
坂井孝一
大河ドラマ「鎌倉殿の13人」の時代考証者が、平安末期から鎌倉時代に活躍した人物の虚像と実像を徹底解説。人間関係や出来事の背景に迫る！
679

私の文学史
なぜ俺はこんな人間になったのか？
町田康
現代文学の大立者・町田康が、影響を受けた文学や音楽・浪曲・落語など、自身の創作の裏側について、はじめて内面を「暴露」する文芸ファン待望の一冊。
681

メタバースビジネス覇権戦争
新清士
プラットフォーム争奪戦を勝ち抜くのは、どの企業か?! VRビジネスを長年取材してきた著者が、GAFAMから日本企業までの動向を徹底解説！
682